NF文庫
ノンフィクション

特殊潜航艇海龍

白石 良

潮書房光人新社

本書を特殊潜航艇海龍搭乗員およびその関係者の方々のみ前に献げます。

大和ミュージアム展示の海龍　本艇は昭和20年、静岡県網代湾で訓練中に敵艦載機の攻撃を受け、艇尾にロケット弾(不発)の直撃を受け沈没した量産タイプのものである。昭和53年5月27日に引き揚げられた。なお引き揚げ時に廃棄された炸薬の充塡されていた艇首部分、失われていた司令塔上部、翼、初めから装着されていなかった魚雷発射筒は後補である。また上部縦舵は弾痕を示すため復元されていない。

大和ミュージアム展示の海龍。艇尾の弾痕

序

特殊潜航艇「海龍」元艇長　池田明義

大東亜戦争終戦時、二十二歳、海軍中尉であった私も来年は米寿を迎える。当時部下であった甲飛（海軍甲種飛行予科練習生）十四期出身、紅顔の美少年であった十七歳の彼ら有志三十余名と、昭和二十一年から「横嵐会」と命名して毎年靖国神社参拝を続けてきたが、平成十七年にもなると若かった彼らも八十歳、物故者故障者続出で、六十年あまり継続してきた横嵐会も解散することになった。

少尉任官時の池田明義氏

これでわれわれ「海龍」の関係者がこの世から消えてゆくと、幻の水中特攻兵器「海龍」を語り継ぐ者もいなくなり、忘れ去られていくのだろうと思っていた矢先、偶然にも白石良氏から、「海龍」のことを研究し本を出版しようと思うので、協力してほしいとの話があった。何と有り難いことではないか。

あの大戦末期、未曾有の国難を救うべく青春を祖国に捧げんと集合した横須賀嵐部隊の一端が、この本により残されることになった。

資料を拝見すると、実に克明に調査され、建造に至る経緯、性能等々、私どものほとんど知らぬことばかりで、恐縮感服の至りである。どうかこの本が大東亜戦争秘話として一人でも多くの人に読まれ、当時の「昭和の白虎隊」ともいうべき青少年たちが、若い血汐を燃やしていたことを知って頂ければ幸いである。

特殊潜航艇海龍——目次

写真提供／著者・雑誌「丸」編集部・伊万里ケーブルテレビジョン㈱

特殊潜航艇海龍

第一部——特殊潜航艇海龍始末記

大和ミュージアム

広島県呉市の海事歴史科学館――大和ミュージアムの大型資料展示室に入って右手に、真っ黒い潜水艦が置いてある。展示室の端から端まであるかなり大きなものだが、場所が入口を入って後ろ側になることと、向かいに零戦六二型、その手前には回天十型（試作型）など、有名なものが並んでいるので、こちらをゆっくり見てゆく人はあまりいないようである。また見学者も、旧海軍に関係していたような人であっても、解説を読んで、「こんなものがあったのか」という程度の反応だ。

これが戦争末期、本土防衛のための特攻兵器として製作された、特殊潜航艇「海龍」である。

「海龍」があまり知られていない理由には、最後の決戦用兵器であり、軍機のヴェールに覆われていたこと、結果として出撃することがなかった、ということもあるだろう。したがって、記録としてまとまったものは、今のところ、ない。

しかしそこにも、「国のために」「同胞のために」「家族のために」命をかけた多くの若い搭乗員がいたのである。

その特殊潜航艇海龍について、書く。

特殊潜航艇

小型潜水艦である特殊潜航艇は、海龍以前にも存在した。ハワイ・真珠湾攻撃に使用された「甲標的」である。そこで、最初に、特殊潜航艇について説明しておきたい。

特殊潜航艇の構想は、非常に早く、日露戦争の頃の「人間魚雷」の構想にまでさかのぼる。それが世界情勢が緊迫してきた満洲事変直後の昭和六年ころから具体化してきた。

当時、将来起こるであろう対米戦を考えた場合、戦力差から見て、主力艦決戦だけで勝利を得ることは不可能、というよりは、敗北必至というのが常識だった。その戦力差をなくすために、潜水艦による敵港湾監視、出撃後の追躡《ついじょう》接触、反復攻撃が考えられた。いわゆる「漸減《ぜんげん》作戦」である。

その際、主力艦決戦に寄与する秘密兵器として、艦政本部*第一部第二課長の魚雷の権威・岸本鹿子治大佐《だいさ》によって提唱されたのが、有人小型潜水艇であった。

通常新兵器は、用兵側の軍令部で発案され、艦政本部へ研究開発が指示されるものだが、この特殊潜航艇の場合、技術サイドからの提案である点が異例である。

一説によると、三浦三崎の漁業組合で使用していた、水中漁業用の一人乗りの、潜航時間一時間半か二時間半くらいの豆潜水作業器を、昭和十一年ころに軍令部の潜水艦担当の志波国昭中佐が見てヒントを得た、と言われているが、これでは時期が合わない。確かに志波中佐は開発に関わっており、そういうものを参考にした可能性はあるが、これはよくある伝説の類か、後に開発された陸軍の輸送潜航艇*（秘匿名㋴《まるゆ》）のことだろう。

そして呉海軍工廠魚雷実験部が担当となって、八年から開発が始まり、十五年に試験艇が完成、各種試験が行なわれた上で、同年十月に兵器として採用され、「豆潜」と呼ばれた。

この甲標的と名付けられた特殊潜航艇の初戦となったのが、ハワイ・真珠湾攻撃で

広島県江田島市、海上自衛隊第１術科学校教育参考館の甲標的（真珠湾攻撃時）

あった。しかし、準備不足で作戦を強行したため、出撃した五艇はまったく戦果を上げることはできなかった。一艇は日本側の空襲が始まる前に、湾口にて敵駆逐艦により発見され、砲撃・爆雷により沈没。その後、二艇がやはり湾外で撃沈され、計画通り湾内に侵入し攻撃を加えることができたのは、一艇のみであった（残り一艇はジャイロコンパス[*]故障のため座礁。なお、湾外で軽巡に対して攻撃を加えた艇があったが、この二艇以外は魚雷も発射していない）。

甲標的はこの失敗をもとに（当時は一艇から発せられた「トラ〈奇襲成功〉電」、米国側の情報などから戦果があったと判断され、大本営は戦艦アリゾナを撃沈と発表した）、戦術の確立や準備に努めた。

昭和十七年五月三十一日（現地）、マダガスカルのディエゴスワレスで、二艇により戦艦一撃破、油槽船一撃沈、同日オーストラリアのシドニーで、三艇により宿泊艦一撃沈、蘭潜水艦一にも損傷を与えた。ガダルカナル攻撃では八艇が使用され（一艇は事故のため自沈、一艇は故障のため出撃できず）、輸送船撃破三と一定の戦果を上げた。またこの時、艇は自沈処分されたが、初の生還者を得ている。

その後、戦局の悪化に伴い、甲標的を基地防衛に使用する構想が浮上した。そのために、十八年七月、自己充電装置を装備する改造が実施され（乙型）、さらにその試験の結果、操舵室内も改造され、翌年一月から丙型として量産された。

その防衛作戦の最初のものが巡洋艦一、駆逐艦四、水上機母艦一、輸送船十二撃沈の戦果（友軍の観測のみによる。米軍記録では駆逐艦一沈没、魚雷回避中の衝突一）をあげたフィリピン作戦であり、沖縄戦時にはさらに大型化した丁型（のちに蛟龍と命名）が参加した。丁型になると、乗員も最初の二名から五名に増え、自己充電能力、水上航行性も増し、行動日数も五日となった。立派な小型潜水艦である。

そして重要なことは、甲標的の場合、あくまでも「生還」を目的としていたことである。最初のハワイ攻撃を前に、計画を説明した甲標的母艦千代田艦長原田覚大佐に対して、山本五十六聯合艦隊司令長官は、特に搭乗員の生還が期しがたい点を問題にし、「収容の方法を綿密に講じること」「作戦が自殺的なら中止差し支えなし」「甲標的の港内侵入は強行するに及ばず」と再三指示している。

そして作戦終了後、遂に一艇も帰らなかったということを聞いた長官は非常に悲しみ、その後毎朝、涙を流して搭乗員の最後の寄せ書きに向かって拝礼していたという。その後、この寄せ書きは、十七年二月二十六日、海軍大臣嶋田繁太郎と軍令部次長伊藤整一によって天覧にも供せられた。

また戦争末期にも、機動戦力の第十特攻戦隊などでは、「自爆して戦果を上げる華々しさに幻惑されることなく、魚雷を撃ち終わったら生還せよ。新しい魚雷を装填《そうてん》して何度でも攻撃を反復することが標的乗りの真髄である」との訓辞を受けている。

海龍の誕生

それに対して、海龍はこれとはまったく別の流れから生み出されてきたものである。

マキン・タワラ両島が玉砕、聯合艦隊のトラック泊地からの撤退、ブラウン環礁の玉砕、そしてそれに続く古賀峯一聯合艦隊司令長官の事故死と、日本の頽勢《たいせい》覆うべくもなくなった十九年四月、大本営海軍部*は海軍省に対して、次のような兵器（機密保持上「金物」と言った）の緊急実験を要請した。

①金物　潜水艦攻撃用潜航艇
②金物　対空攻撃用兵器
③金物　S金物及び可潜魚雷艇
④金物　船外機付衝撃艇
⑤金物　自走爆雷
⑥金物　人間魚雷
⑦金物　電探等
⑧金物　電探防止
⑨金物　特攻部隊用兵器

一見してわかる通り、これはそれまで必死の特攻兵器の採用を認めなかった海軍も、戦局の悪化を背景に、主戦兵力を特攻に切り替えたということである。

そしてこれに基づいて開発された④金物が「震洋*」、⑥兵器が「回天*」、⑨兵器が、実用には至らなかったものの「震海*」、そして③金物のうちでSS金物（最初のSはSmall、二つ目のSはSubmarine）とされたのがこの「海龍」であった。

考えたのは大本営海軍部第二部（当時の部長はあの真珠湾奇襲攻撃を立案した黒島亀人少将）の浅野卯一機関中佐（のち大佐）。浅野中佐のイメージは、敵の艦隊に対して「海中を自由に飛び回って攻撃する飛行機」だった。それが当時の状況と相俟《あいま》って「飛行機と同様に」体当たりする特攻兵器になったのだ。

ところが当時の海軍も、セクショナリズムに支配されていた。艦政本部が反対したのである。海軍省軍務局第一課の吉松田守中佐は、「浅野中佐の設計には仮定が多く（中略）これを研究開発することは不可能に近いものが多かった。このため多くの技術者、特に造船技術者は問題にせず、協力する人もいなかった」と述べている。しかし、浅野中佐に力を合わせた第二部部員の努力により、艦政本部を通さず、民間の佐藤五郎氏の指導により、横浜工専で設計・製作に当たった。

そして十九年の八月に試作一号艇が完成し、倉橋島の大浦崎P基地で黒田博司、仁

船外機付衝撃艇・震洋

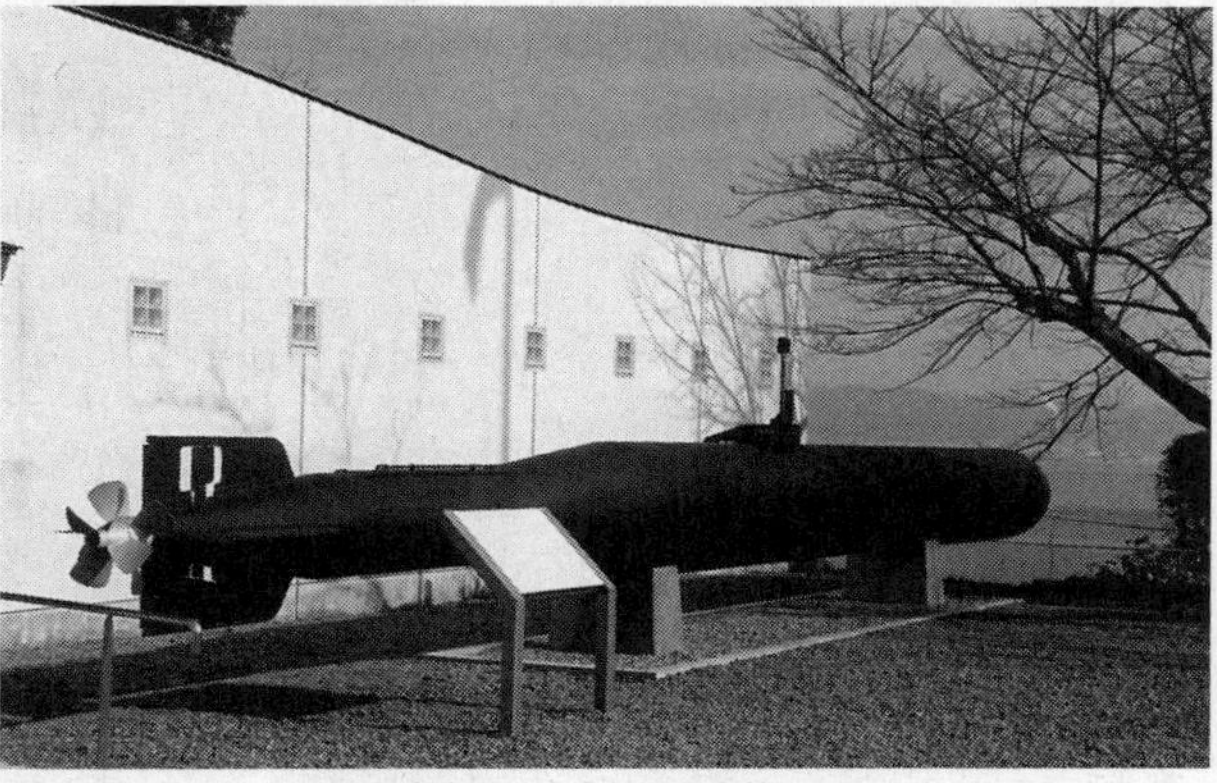

山口県周南市、大津島回天記念館の回天１型

科関男両中尉と一緒に人間魚雷の開発に携わっていた、前田冬樹中尉（戦後、南極観測船「ふじ」の船長となる）と久良知《くらち》滋中尉が、テストパイロットとしてやってきた。

しかし、実際に潜ってみると、使えるようなシロモノではない。それから昼間潜って、夜に激論を交わすという毎日が続き、十一項目の改善点が決まった。

それを基に、九月に二号艇、続いて三号艇が建造され、各種試験を行なったところ、今度は良好な成績であったので（この際も「速度が遅い」「行動が自由を欠く」と、軍務局員の評判はよくなかった）、翌年四月より量産に入り、終戦までに二百二十四艇が完成していた。

特色

最大の特色は、中央翼を持っていたため、水中航行時の操縦性・安定性に優れていたことである。操舵装置は飛行機とほぼ同じ構造だが、翼が潜水艦の潜舵*と同じ役割を果たすためだ。そのため同じようにスクリューが縦舵*の後ろにある甲標的などは、回転半径が低速時でも四百米《メートル》と大型艦艇並みであったのが、遥かに向上している。ただしこの翼が結構大きいため、荒天時、波高が高いと、露頂深度*で波に叩かれて飛び上がってしまうということがあった。また接岸の時に「メザシ」（岸壁に接岸した艦艇の外側に、さらに艦艇が接舷して停泊すること。メザシのような状態になることから）になることができず、専用の木枠が必要という手間もかかった。

戦後、米国の原子力潜水艦は、司令塔（セイル）に潜舵をつけるようになり、操舵装置も操縦桿方式になった（それまでは大きな舵輪を回して潜舵を操作していた）が、最初にその話を聞いた久良知を始め海龍に関係した人々は、これは海龍の翼を研究し、先に述べた欠点を除去し、利点を取り入れた結果だろうと思った、と述べている。

次に停泊中を除いて常に低圧タンクに注水し、浮力を中正（±０）に保っていたことである。そのため急速潜航性能に優れ、十秒以内（慣れてくると五秒程度）で潜航できた。

三点目は、艇内に魚雷発射管がつけられず、翼下にレールで連結する発射管二本を抱えていたことである。この長所としては、前部に発射管がある甲標的などのように発射後の急激なツリム*（トリム）変化がなく、海面に飛び出してしまい発見されるという危険性が少ない、ということである。

甲標的の場合、発射には普通の潜水艦と同様に圧縮空気を使うから、発射の瞬間にはそれまで魚雷と海水で満たされていた発射管内部が急に空気に入れ替わって、艇首が一気に約一屯《トン》軽くなる。その直後、今度は空になった管内に海水が流入して急に重くなり、艇首を水に突っ込むという前後運動をしてしまう。そうなると、一本目を発射した後、二本目を撃つ前に照準をし直す必要が生じるので、発見される可能性はさらに高くなってしまうのである（魚雷同士が衝突する危険性があるため、二本同時に発射することはできない。潜水艦でさえ「三秒間隔の発射」になっていたし、のち新鋭の伊五八潜が米重巡インディアナポリスを撃沈した際には、六本を二秒間隔で発射している（三本命中）。甲標的の場合、だいたい四十秒以上必要であった）。

魚雷は四十五糎《センチ》の二式（炸薬三百五十瓩《キロ》）を使用していた。

日本海軍の誇る酸素魚雷であるが、通常は発射直前に魚雷内部のボンベの元栓を開く必要があった。これは潜水艦では「塞気弁開け」の号令で、水兵が発射管の中にもぐり込んで手動で行なう。それから内扉を閉め、外扉開口、発射ということになる。ところが発射筒が外にあったら、これはできない。そこで工夫した末に発射時の推進力を使って、自動的に開くようにし、さらに発射筒の外蓋《そとぶた》も自ら押し開けるようにした。そして発射後、発射筒は後方へ脱落する。

また、潜水艦のように空気圧で発射することも不可能なので、空母発艦用に使われていた六号火雷（固形ロケット）を使用した。これによって魚雷の初速が安定すると共に、本艇との連絡が電纜《でんらん》一本ですむことになり、本艇と発射筒を固定しているケッチを引っ込める操作と着火の電源スイッチを押す二動作で発射が可能となった。

それに対する欠点としては、雷装するとそれが抵抗となって、蛟龍等に比較してただでさえ劣っている速力が、浮上、水中航行時ともにさらに落ちてしまうこと、また前蓋の水密性に問題があり、外洋で波に叩かれた場合、前蓋が破損してしまう可能性があったことである。そしていったん浸水すると浮力に影響してしまうので、「ただちに魚雷を捨てよ」と言われていた。

第四に、規格品を部品として大量に使用したために量産性に優れている、という特色があった。特注品としては、特眼鏡*（小型潜望鏡）とのぞき窓の高圧ガラス（これは量産型になってからはなくなった）、防水・防振ゴム程度である。特にエンジンはいすゞの六屯牽引《けんいん》車用百馬力の陸上ディーゼルエンジン（ロケ・エンジン）だったが、これは量産に適していた上に船舶用機関に比べ故障が少なかった。

電池は、九二式五三糎潜水艦用電池魚雷のものを使用した。この魚雷は重くてスピードが出ないので、潜水艦はこの後に開発された九五式酸素魚雷を主に使用していた。

つまり電池のストックがたくさんあったのだ。

また全体を三部分に分けて組み立て、最後に接合するというブロック工法を取ったということも、量産を容易にした一因であった。本土決戦という点から見ると、もっとも有効なのは、水中特攻である。当時、局地防衛用と考えられていた甲標的丁型（蛟龍）では、建造に時間がかかる。海軍が海龍の採用に踏み切ったのは、この「量産性」が最大のポイントであった。

学徒出陣

この海龍搭乗員の中心となったのが、「学徒出陣」（この名称は当時のマスコミがつけた）になった若い士官たちであった。

当時、国民の三大義務の一つとして、「兵役」があった。成年男子は満二十歳になると、徴兵検査を受け、合格したものは一定の年月、兵役に服さねばならない。例外として、大学令による大学および大学予科、旧制高等学校、高等専門学校に在学するものは、二十歳になっても卒業するまでは、学徒徴兵延期令によって、兵役を免除されていた。

それが、大東亜戦争の戦局が厳しくなり、国家総動員体制も一段と強化された昭和十八年十月、徴兵猶予が停止された。在学中の法文系学生にも兵役が課されることになったのである（理工系はまだ猶予のままだった）。

そして十月二十一日、神宮外苑の競技場で壮行会が行なわれた。

来賓の東条首相の「御国の若人たる諸君が、勇躍学窓より征途に就《つ》き、祖先の威風を昂揚し、仇なす敵を撃滅して皇運を扶翼《ふよく》し奉るの日が、今日来たのであります」という勇ましい訓辞、主催者の岡部長景文部大臣の「海行かむ山また空を行かむとの若人の門出雄々《おお》しくもあるか」という歌に送られ、そのまま徴兵検査に向かった。

この中に、明治大学から来た池田明義がいた。当日は朝からあいにくの雨。新聞には「冷たい秋雨の降る中」などとあったが、送られる側は「これから生きて帰れぬかもしれぬ戦場へ行くのだ」という決意と緊張感で一杯、寒さなど感じている余裕はなかった。

これはスタンドにつめかけた十万人の見送りも同じ。のちに作家になる杉本苑子がまだ女学生でその中にいた。彼女は次のように述べている。

「学徒の隊列が、音楽隊の奏する分列行進の荘重な曲とともに、銃を肩に隊伍を組んで退場する時、もう彼らは帰ってこないかもしれないと思って、何人もの仲間と一緒にスタンドの下まで駆け下りて、目の前を通り過ぎてゆく彼らに声を枯らして何かを叫び、手を振って送りましたが、彼らは一人として横を向いたり振り返るものはなく、真っ直ぐ前を向いたまま粛然と行進していったのです。私たちはもう涙と雨で、頭から顔も服も、びしょ濡れになっていました」

この出陣学徒の数は、極秘とされた。五万とも八万とも言われ、今日でもはっきりとした数はわかっていないようである。


そのうち志願したり適性を考慮されて海軍に入ったものは八千人くらい。そのほとんどが「海軍予備学生」(一般兵科は第四期、飛行科は第十四期)となり、昭和十九年十二月に少尉に任官することになる。そこで予備学生制度について説明しておきたい。

この制度は昭和九年にまず海軍飛行科に創設された。これは航空隊を重視した海軍の場合、飛行科を拡充する必要があったが、初級士官が海軍兵学校卒業生のみでは不

神宮外苑で行なわれた出陣学徒壮行会

足するので、人材を確保するためだった。大学、予科、高等専門学校を卒業して志願し、試験に合格したものがなった。

それが昭和十三年、整備科に拡充適用、支那事変の長期化、大東亜戦争の開始とともに、十七年一月からは一般兵科も採用するようになった。さらに戦局が厳しくなり、陸海軍の初級士官を大幅に増員するため、学徒徴集延期令が中止されることになったのである。

海軍二等水兵

十二月一日、陸軍が入営した。それに続き海軍は十日、横須賀、呉、舞鶴、佐世保の海兵団に入団、ジョンベラ（水兵服）を着て、スキヤキナベ（水兵帽＝縁がないから）をかぶって、みんなかわいい水兵さんになった。実は予備学生になる前に二等水兵を経験したというのは、この年だけである。

この日から二ヶ月間、釣り床で寝る船乗りの生活習慣はもとより、海軍兵として必要な素養、教育を徹底してたたき込まれた。一般の社会を「シャバ」と言い、もうシャバに帰ることのできない軍隊生活に覚悟を決めるほかはなかった。

起床〇六二〇《まるろくふたまる》、朝食〇七〇〇、三課〇八三〇～一一三〇、昼食一二〇〇、三課一三〇〇～一六〇〇、夕食一七〇〇、温習一八〇〇、初夜巡検二〇〇〇。

冬の六時半は、まだ暗い。「総員起こし」で飛び起き、釣り床を手早くロープで固く縛り、収納庫に入れる。大急ぎで分隊兵舎前に整列。この間三分とかかっていない。東の空に太陽が昇りはじめるころ、「君が代」の朗々たる喇叭《ラッパ》の音が営内に響き渡り、早朝の気を引き締める。続いて「海ゆかば」の斉唱。まことに清々しい海の男の一日の始まりだ。

海軍体操、駆け足と、ほどよく体が温まってきたところで兵舎に帰ると、食卓番の準備した味噌汁のいい香りが漂っている。

三課というのは、午前・午後それぞれ一時間単位で行なわれる実技や座学である。実技は短艇《カッター》と手旗信号、海軍体操に重点が置かれた。

カッターは、左右に八人ずつ座り、班長が後部にいて、大声と笛で指揮を執る。オールの長さは約三米、重さは十瓩近くある。

「出発！」の号令で全員一斉に立ち上がり、オールを海面に突き刺すようにして始動する。二、三回はこの体勢で漕がないと、なかなか慣性がつかない。あとは班長の笛に合わせて力いっぱい漕いでゆく。

全員が同じタイミングでオールを操作しないと、スピードが落ちる。特に恐ろしいのは「櫂を流す」といって、ちょっとした操作ミスから、カッターのスピードと水の抵抗で、オールがカッターにへばりつく状態になること。スピードが大幅に落ちてしまう。必死になって元の状態に戻そうとするが、カッターのスピードがあるので、なかなか抜けない。このようなミスをすると、訓練が終わってから、アゴに強烈な一発が飛ぶ。

競漕になると、ゴール後に「櫂上げ！」の号令がかかる。重いオールを、カッターの縁を使って、てこの原理で一斉に立てて、まっすぐに支える。傍から見ると、勇壮で華麗。しかし本人たちは、体力の限界を超えた疲労で、棒のようになった手は震え、歯を食いしばってオールを支えている。頭の中は真っ白。お尻の皮もむけて痛い。

陸戦教練もあったが、こちらはあまり厳しいことはなかった。むしろみな中学、高校、大学と、陸軍の配属将校の下で教練を受けてきていたので、教班長より詳しいのがいたり、行軍に行くと、長年艦隊勤務で長距離を歩いていない下士官より兵たちの方が健脚であったりした。

そして、予備学生選抜のための過程ということもあって、その合間をぬって、ほんの教養程度の問題から数学、国語、物理と、さまざまな試験を受けさせられた。

一日の訓練を終えて「吊床《つりどこ》下ろせ」の号令でハンモックをつるし、作業衣をたたんだものを枕に毛布にくるまる。その頃、拡声器から巡検喇叭の音が流れてくる。やや哀愁をおびたその音色は、一日を無事に終えた安堵感と、故郷への思いをかき立てる。懐かしい景色が脳裏に浮かぶ。またいつの日か、あの故郷に帰ることができるのだろうか？

最後の高い調子の一節が終わると、「巡検、巡検」という放送。しばらくすると先導兵曹の声で、副直将校が居住区を見回ってゆく。そして「巡検終わり。煙草盆出せ。明日の日課予定表通り」で一日の作業が終わるのである。

こんな生活を二ヶ月続けて予備学生の試験を受け、ほとんど全員が合格した。

ところが、どういうわけかわからないが、残留することになったものがいた。

出発前に、先任教班長が、

「残留者と親しいものは、別れをし、気を落とさないように励ましてやれ」

そこで全員が、吊床の中で毛布を頭からかぶって寝ているもののところへ行き、「次の選があるからな。先に行って待っているぞ」

「兵である方が早く除隊できるからな。三年の辛抱だ。お前らこそ元気でやってくれ」

目に涙をためながら言っていたが……。

出発後、「残留者が荒立って、教班長が取り静めに苦労しているらしい」という噂が早くも聞こえてきた。そして、ついに自殺者まで出てしまった。

武山予備学生隊

対潜以外の一般兵科の予備学生隊は三浦半島の武山である。今度はここで各地の海兵団から選ばれた三千三百五十五名が、三個大隊十二分隊に編成され、半年間、基礎教程を徹底的にたたき込まれた。

ここでもやはり技術の向上に取り組んだ。手旗、カッターなどはすでに習っていたが、座学の方が水雷術、航海術、モールス、艦砲、気象、通信など。一般教養として、またも数学、物理、化学があった。文系の学生にとっては勝手が違うものだったし、五ヶ月半の間に海軍全般の教育をしようというのだから、とにかく忙しい。同じことを繰り返すなどという余裕はまったくない。それで、温習時間は復習に余念がなかった。消灯後、廊下の薄暗い裸電球の下で勉強しているのもいた。

教官の方もそれまでの志願と違うので、初めは「何もわかっちゃいない」「あんなひ弱な会社員みたいなのに戦争がやれるのか」と戸惑ったが、慣れてくると、「さすが現役学生、頭もいいし物わかりもいい」と評価する声も聞けるようになった。

ただ学生であるから、時々、変なことを言うやつがいる。

洗濯の時に使用するタライを「オスタップ」と言う。普段はこの中に身の回りのものなどを整理して入れておくのだが、「なぜオスタップと言うのでありますか?」予備学生出身の先輩の区隊長もわからなかったりする（washing tubだった）。

ある日の分隊点検——これは学生の容姿から、どれだけ軍人らしく育っているかを判断する、重要な行事である——の時のことだった。見回っていた野地宗助学生隊長が四分隊の久家稔という学生の前で立ち止まり、「学生隊長の官職氏名を言え」（こう

いう「偉い人」の名前を聞くという習慣があった)

途端に彼は挙手の礼をして、

「海軍中佐、野地三助」

「久家学生、声が小さい。もう一度」

すると今度はとんでもなくでかい声で、

「海軍中佐、野地サンスケ!」

全員が飛び上がった(フロ屋の三助を連想したのだ)。

「俺はサンスケではない! 宗助だ!」

まさかこんなところで冗談でもなかろうが、後ろにいた日比野大隊長以下、当の二人を除いて、全員が笑いをこらえるのに必死になった。

この久家稔は、昭和二十年六月、マリアナ東方にて回天で戦死した。

またこれだけたくさん人間がいると、時々、意外な人物がいたりする。

六分隊に京大から来た安藤直親という学生がいた。安藤の祖先は位の高い武士ではなかったが、小牧長久手の戦いで手柄を立て、家康に重く用いられた。さらに聞いてみると、秀吉方の大将、池田勝入信輝の首級を上げたという。それで池田が驚いた。

池田はその信輝の子孫だったのだ。そこでその日の作業録に、「六分隊に私のご先祖の仇敵がいる」と書いた。

それを見た先任（第一）大隊長の日比野少佐が参った。

「まさか池田がここで仇討ちをするとは思えんが……」

一応、区隊長を呼んで、よく注意して六分隊に近づけるな、と命じた。

「そういえばどうも近頃、池田の目つきが変になって、六分隊の方ばかり睨んでいますから、十分注意します」と言って、区隊長は帰っていった。

＊

教官に引率されて、戦艦山城や横須賀工廠の見学に行ったこともあった。

この時、横須賀には、戦艦三隻、空母二隻、重巡三隻など、多数の艦艇が集結していた。はじめて間近に見る大艦隊である。その偉容に目を見張った。

山城では、艦内配置、艦橋、戦闘指揮所、兵器、機関室機器の見学などが中心だった。しかし最も驚いたのは、内部がとにかく広く複雑なこと。一度回ったくらいでは、とても覚えられるものではなかった。

工廠のドックでは「最新鋭の」空母が建造されていた。百十号艦といった。巨大な六基のクレーンが資材を吊り上げて運んでゆく。作業を行なっている大勢の工員や艤装員が餌に群がる蟻のように見えた。

「すごくでかい艦だ」

飛行甲板に上がった。何と甲板は板張りではなく、コンクリート舗装である。そしてさまざまな資材が所狭しと置いてあるが、とんでもなく広い。

「これは、野球ができるなあ」

対空火器などはまだ取り付けられていなかったが、機銃だけでなく、最新式の対空噴進砲なども据え付けられ、防空体制は万全になるということだった。

格納庫甲板に入ってみると、天井に太いパイプが何本も走っている。

「これは万一、火災が発生した際の、消火用パイプだ。航空燃料は水では消えんから、石鹸水で、泡で炎を包んで消すのだ」

内装は机、椅子をはじめ一部を除いてすべて鉄製。燃えるようなものは何もない。

「これは世界一の不沈空母だろう」と思った。

この後すぐ、山城は捷一号作戦で西村支隊の旗艦としてレイテ沖へ出撃した。そして再び帰ってくることはなかった。また百十号艦は「信濃*」と命名されることになる。

修正

こう書いてしまうと、たいしたことはない生活のようだが、精神錬磨のためと称する「修正」があった。カラスの鳴かない日はあっても、ビンタの飛ばない日はなかったのである。半殺しの目にあったことも何度か。

だいたい教育期間中のビンタなどは、訓練の一環として、お互いに認め合っているところがあった。決して憎くて殴っていたのではない（たまに違うのもいたかもしれないが）。

自分たちは四年かかってやっと士官になったのに、こいつらは一年でなる。その上、自分たちは一度ならず戦場に出て、仲間には死んだりしたのもいる。それが生き残って帰ってきた。さらに再び前線に行ったのもいるが、こんな「後方」に回されてきた。やってられない、という思い。そして甘い気持ちでは戦えない、戦場では一人のちょっとしたミスが何百人もの命に関わる。自分たちが鍛えてやる、という気持ちで殴っていたのである。

そして下士官が兵を殴る時も、ちゃんと怪我をさせないようになっていた。バッタ（バット。「軍人精神注入棒」と書いてある。太いので野球のバットに似ていた。これは殴る専用）や指揮棒（甲板士官などが持っていた樫の棒。細い）、グランジパイプ（branch pipeで、消火栓のホースの先）で殴る場合、「手を挙げろ」と言われ、バンザイをさせられる。すると尻の肉が出る、そこを打つ。すると骨に響かない。

しかし、殴られたところは、紫色になって血がにじむ。風呂に入った時、他のやつがその尻を見て、「あ、やられたな」とニヤリとするのである。

そして予備学生になると、こんどは鉄拳になる。この場合は、「足を開け。歯を食いしばれ」である。倒れて頭を打ったり、歯を折ったり、歯で口の中を切ったりしないようになっていた。

この武山の学生隊であるが、池田のいた第一分隊は、他から「地獄」と呼ばれるほど厳しかったらしい。

一区隊長の五十嵐中尉（四期生在隊中に大尉《だいい》に昇進）は、いつも学生に気合いを入れていたが、入れすぎて激してくると、声がヒステリカルになった。

二区隊長の川口中尉（この人も四期生在隊中に大尉に昇進）の修正は相撲の張り手で、殴られると十人のうち六人は横倒しになるほどのすさまじさであった。

教育本部の建物のすぐ前に第一大隊の学生舎があった。その二階に防火壁を隔てて一分隊と三分隊、一階に二分隊と四分隊が居住していた。そして毎晩のように一分隊で厳しい修正が行なわれている様子が伝わってくるので、下にいる二分隊のものまでが戦々恐々としていた。

しかし、試験を受け、合格したもので組織された学生隊である。士官になるための教育訓練、という自覚は、みな持っていた。

この後、館山の砲術学校の時のことである。大阪の浪高から兵学校へ行った清水という分隊長がいた。ある時、池田の班で何かマズイことがあって、罰直で五十人並べて殴られる、ということが起きた。

この分隊長、学生時代は剣道をやっていて、腕っ節も強かったのだが、五十人殴るとなると、さすがに大変だ。ところが、三十人、四十人となっても、同じ強さで殴ってゆく。全部殴り終わって、

「一発殴られた貴様らのアゴと、五十発殴った俺の右手と、どっちが痛いか、考えて

みろ。終わり」

さっと答礼をして帰っていった。学生の間から、「おおーっ」というどよめきが上がった。

この清水分隊長は、その後、沖縄に行き、戦死した。


そしてこんなことが日常茶飯事になってしまって、厳しいといってもそれほどの感じは持たない。誰もが戦死覚悟で入ってきたから、身を助けるのは自分の技術、とばかり訓練を必死になってやっていた。

だからむしろ多くの人が、「あれだけ厳しい訓練を受けたら、少々のことは何とも思わなくなる」「やってなかったら、実戦で機銃弾などが飛んで来た時、舞い上がってしまってどうしようもなくなる」「戦後の苦しい時期も乗り越えられた」また地獄に対して「極楽分隊」というのもあったのだが、そこにいた人でも、「むしろあれくらい厳しくされた方が、生死に対する覚悟ができてよかったのではないか」と肯定的に捉えている。平成十九年に亡くなったある作家が、「軍隊は非人道的な組織だ」と書いていたが、それに対しても、「自分の少ない経験で、ひどい目にあったからといって悪く言うのは、狭い」と述べている人もいる。

武山のオールスター野球

学生隊での生活も軌道に乗ったある日、突然、日比野大隊長が分隊対抗で野球をやろうと言い出した。

当時、野球は敵性スポーツということで冷遇され、プロ野球もこの年のシーズンを最後に中止されることになる。

それがなぜ野球だったのか。日比野大隊長に言わせると、これはその春、第四分隊に流行性脳炎（日本脳炎）がはやり、分隊が隔離されるということが起こっていた。その沈鬱した気分を盛り上げるため、ということであった。

ところがこの大隊長、華族出身とか言われ、もともとちょっと毛色の変わった軍人だった。朝礼などでもありきたりの訓辞などはしない。音楽や文学の話を織り交ぜながら面白い話をする。だから学生たちも「今日の朝礼の担当は誰だ？」「（ニワトリがトキをつくる時の動作をしながら）『コケコッコー』だよ」「そいつは面白えや」と期待していた（日比野大隊長のあだ名は「ニワトリ」だった＝トーンが高く、時々声が裏返る。他に「ベッタラ漬」というのもあったらしい＝新婚だった）。

話だけでなく、学生舎の周りに花壇を作らせたり、土曜日の夜にはレコードコンサートもやって、ベートーヴェンの「田園」やチャイコフスキーの「悲壮」を流していた。だから、本当は、そういうのが「好き」だったのだろう。

ところが、野球用語も十八年のシーズンから「敵性語」としてすべて日本語にされていた。

ストライク＝本球　ボール＝外球　セーフ＝よし　アウト＝だめ

などなどである。巨人軍のＶ・スタルヒン投手も「須田博」になっていた。

だが、いざ使うとなると、なかなか出てこない。練習の時に審判が「ストライク……ではない、元い、本球！　ツースリー……元い、二本球三外球」などとやっている。これでは調子が出ない。そこで学生たちが区隊長に、「英語を使わせて欲しい」と申し出た。区隊長が、主催者である日比野大隊長のところへ、おそるおそる相談にやってきた。またまた困った大隊長が、考えた末に大決断をして「今回に限り敵性語を使用して野球試合をすることを許す」と言ったものだから、一気に盛り上がった。

そして海軍は、どうも前線指揮官に体力・知力とともに、機敏に動く運動神経を重視したらしく、運動選手が多かった。戦後プロ入りする野球選手だけでも、別当薫（慶応、48年阪神入団—毎日、57年引退。52年から毎日—大毎—近鉄—大洋—広島—大洋と監督を歴任。79年勇退）、手塚明治（明治、49年読売入団—大洋、55年引退）、一言多十（専修、46年セネタース入団—東急—急映—阪急、50年引退）、池田善三（慶応、50年大映入団）などがいた。つまり大学野球のレギュラー選手が大半を占めて、オールスター並みの布陣になったのである。

ところが四分隊が困った。一言投手のあの剛球を受けられる捕手がいないというのだ。そこで分隊長まで出てきて大騒ぎで探したら、普段は無口でぜんぜん目立たなかった松本高等学校の米倉正を見つけ出して、みなほっと胸をなで下ろした。

初戦は一分隊と四分隊の対決だった。四分隊の先発は別当。プレイボールと同時に一分隊の池田明義がセンター前にクリーンヒットした時は大騒ぎ。応援団に加わっていた区隊長たちまでが、普段の謹厳実直な顔と姿勢を崩して、精神注入棒を両膝の間に挟んで拍手喝采。きのう学生を殴った時とは似ても似つかぬ顔だった。

ただ、どこにも「お固い」人物はいる。

ちょうどこの時、日比野大隊長の二期下で、海兵時代に同じ部屋で暮らしたこともあった三重海軍航空隊の国定謙男《かねお》大尉が、トレードマークのきっちり巻いた脚絆と肩から提げた図嚢という出で立ちに、参謀モールを光らせながら見学にやってきた。その大尉が驚いて聞いた。

「日比野さん、武山では野球なんかやらせるんですか？　戦闘に関係ないでしょう」

「そうだ。戦闘には関係ないが、海軍士官としての情操教育として必要なんだ」

国定大尉は、鳩が豆鉄砲を喰ったような顔をしていた。

それから一緒に野球を見たが、気に入らなかったらしく、すぐに帰ってしまった。

試合はみんな心ほがらかに終わった。手製の優勝旗を日比野大隊長が厳《おごそ》かに一分隊に手渡すと、全員が戦時下であることも忘れたように大きな拍手がわいた。

海龍部隊へ

めでたく学生隊を卒業すると、次は術科学校である。航海、砲術、水雷、電測、通信、化兵、特信（特殊信号＝暗号など）、陸戦、対潜（これは武山の基礎教程なしの一年間）などがあった。やはりこれも志望と適性が考慮された（だから特信などに行ったのは二世や外国語の得意なものばかりだった)。池田は志望通り館山の砲術学校に行った。

ここでまた半年間専門教育を受ける。普段なら十分時間をかけてやるものを速成の詰め込みでやるのだから、やっぱり忙しい。そして十二月二十五日、少尉に任官した。

年が明けて二十年、いよいよ前線に行くことになった。しかし、命令を受けても現地へ行けないのである。飛行機が飛ばない。船も出ない。たまたま運よく飛行機がとれたのは出発したが、赴任途上や現地で、多くが戦死した。

四期予備学生出身の戦死者は、同期の一般兵科予備生徒と合わせて、合計三百五十九名である。その中には、沖縄、硫黄島などの激戦地、先に出て来た久家稔のように回天などの特攻で死んだものや、戦艦大和とともに沈んだ七名もいる。そして赴任途上で最も多く、十五名の戦死者を出したのが、駆逐艦野風(一二一五屯)である。

野風は僚艦の神風とともに、二月中旬、台北に入港した。昭南に向かうためだった。この時、台北には、数十人の南方へ赴任する士官が待機していた。飛行機や船でここまで来たものの、先へ進めずに足止めを食っていたのだ。

それが、「運よく」来合わせたこの二艦に分乗して、南方へ向かうことになった。

ふねが小さいものだから、居住区には入りきれず、艦長私室に二人、バスに七人などスシ詰めの状態になった。そのうち十七名が、四期予備学生出身だったのである。

しかし、出港してまもなくの二月二十日明け方、仏印のカムラン湾沖（12-27N、109-40E）で敵潜の雷撃を受け、一瞬にして沈没してしまった。全乗員二百三十名、生存者は二十数名であった（「神風」は沈んでいない）。

池田も昭南（シンガポール）に赴任することになったが、やはり飛行機がとれず、船で行くことになった。そこで、門司から佐世保に行き、相浦《あいのうら》の海兵団で船を待っていたが、一ヶ月たってしまった。

そこで、佐世保鎮守府の人事部長だった久重《ひさえ》一郎海軍少将を訪ねた。父親の中学の同期だったので、何かあったら訪ねろ、と言われていたのだ。「閣下」である。緊張して、

「どんなことがあっても前線に出たいから、何とかしてほしい」と言うと、「その気持ちはよくわかるが、今、船を出すと敵潜水艦にやられるから、大切な士官は出せない。近いうちに命令があるから、待っておれ」と言われた。

しばらくすると、「大竹潜水学校へ集まれ」という命令が下った。

集まったのは各地から三、四十人。そこで潜水艦の訓練を受けた。潜ったり、浮いたり、島の名前を覚える、方位角を取る、といった航法の訓練。ツリムをとってその感覚を覚えてゆく、というものである。

一通り訓練が終わった時、司令が全員を集めて、言った。

「今、日本は大変なことになっている。硫黄島もやられた。沖縄にも上がってくるだろう。台湾もやられるかもしれない。しかし日本にはまだ十分余力がある。最後は、敵の機動部隊からしたら、六千バイくらいの船が本土に押し寄せてくるかもしれない。しかしそのうち半分を沈めたら、あとの半分は、上陸してきても、日本の陸軍で勝てる。それくらいの余力はある。半分以上上がってきたら、危ない。半分は沈めなければならない。半分沈めるためには特攻しかない。特攻兵器は今用意してるから、志願するかどうか、今晩一晩考えろ」

翌朝、全員が志願した。

そして、適性検査。視力検査である。特殊潜航艇は目が悪いとだめなのだ。困ったのは、目が悪いことを自覚しているもの。しかし落ちたくはないので、目のいいやつに後ろに並んでもらって、こっそり教えてもらって合格したのも、何人かいた。

それで、ほとんどが合格。司令が言った。

「乗ってもらうのは、海龍と蛟龍である」

海龍は横須賀、蛟龍は呉の大浦だという。池田は横須賀に行きたかったため、海龍を志願した。


同じ大竹でのことである。

池田たちとは別の時に、潜水学校の講習士官として、吉川毅少尉はじめ、四期予備学生出身の五十名あまりのものがやってきた。

この時は、その晩に、全員に半紙が配布され、特攻隊員を「希望する」「希望しない」の二種類の文字を書いて提出するように申し渡された。

「生」と「死」が目前につきつけられた。自分の心の奥底を見つめ、国の現状を考え、ほとんどのものが「希望」と書いて提出した。

しかし、その中で、「希望せず」と書いたものもいたのである。

この士官は、その後、陸上砲台に再配発令となった。

この状況の中で「希望せず」と書いた勇気、そしてまたそれを生かした指揮官。このネイヴィー精神が、お互いを信頼し、生死を共にすることができた原因なのだろう。

一方、予科練でも選抜が行なわれていた。三重空の奈良分遣隊では、七月に武道場に全員が集められた。司令が、もうお前たちには乗る飛行機がない。特攻兵器ができたから、そちらへ志願してくれ、と言った。そして全員が起立させられ、一人息子と長男が列外へ出された。残ったものに紙が配られ、希望するものは◎、行きたいものは〇、行きたくないものは何も書かずに提出するように言われた。そして選ばれたものは、九月に呉に移動した。各地から集まった総数は五百名。それが、回天、震洋、海龍の組に分かれ、それぞれの場所に赴いた。

そして海龍組は、四月に三浦半島の油壺にやってきた。現在はマリンパークがあるところだ。ここには前年の十一月末から海龍の訓練所が設けられていた。東京帝国大学の臨海実験所の建物が本部と士官宿舎になっていた。

ここで初めて「本物」を見た。その時の感想——「これが俺たちの棺桶か」

翌日から訓練が始まった。

ところがいきなり、浮上航行時はエンジン、潜航時はモーター、エンジンからの切り替えは、低圧タンクの調整はこうして、高圧タンクの調整はどうして……というのである。

ところが、当時は自動車ですら一般にはさほど普及していない。「乗ったことがない」というのも大勢いた。

「これは覚えるのが大変だぞ」

艇付になったのは、予科練甲飛十三期生。予科練なら機械には強いだろうと思ったが、この頃は飛行機そのものがなくなっていた。憧れの予科練に入ったものの防空壕掘りばかりやらされ、「ドカ連」とあだ名されていたぐらいだから、同じようなもの。ハンドルが一式陸攻の操縦桿の流用だったので、それで喜んでいた（資料などには「銀河の操縦装置を用いた」とあるが、他のものもあったようだ）。

それでもそのあたりは現役の学生。要領よく覚えて、搭乗訓練が始まる。

人ひとりがやっと通れるハッチをくぐって中に入ると、艇付席のところに降りる。艇長席はその後方上部にあるので、そこからさらに自分の席にもぐり込む。その後、艇付が入ってハッチを閉める。

とにかく狭い。直径一・三米《メートル》であるが、司令塔部分はさらに細い。その上、潜望鏡だのレバー類が並んでいる。木製部分はなく、特攻兵器ということだから電線などはむき出し。

「これは本当の鉄のカンオケだ」

そして訓練が終わり、この三月に設立されたばかりの、横須賀の航海学校のところにあった（兵舎を借りていた）第一特攻戦隊（司令・大林末雄少将）の横須賀突撃隊・嵐部隊に配属となった。

横須賀嵐部隊

この頃になると、甲飛十四期のものも、海龍に乗るために横須賀にやってきていた。そのため航海学校だけでは収容しきれなくなり、機関学校まで占領することとなった。人が増えると、教育訓練も行なわなければならない。計画は六ヶ月で搭乗員が二千人、整備員三千人である。整備員は専門家に任せなければしかたがないが、搭乗員の方は、最初に教わったものが次のものに教え……という「ネズミ算」でやって行かないと間に合わない。自分たちがついこの間習ったことを、教室で教えていた。

こうしたものは講義だけではだめである。まず実物を見せねばならないが、艇内に入ることなどできない。そこで、試作三号艇の外鈑を切断して中が見えるようにして説明した。また同乗訓練もやらないわけにはいかないので、後方の低圧タンクの上に腹這いになって、長い竹の棒を持ち、文字通りビシビシ教えていた。そしてどうにか走れるようになったら、基地に配属、そこで実戦訓練を行なってモノにする、ということにした。

浮上しての航行訓練は、自分たちの艇だけで行なうが、潜航の場合、最初のうちは艇の三十米ほど後ろに監視艇がつく。訓練の状況を見るためと、事故発生時の救助も兼ねている。潜航すると見失うおそれがあるので、艇尾に十米くらいのワイヤをつけ、先端に「凧」と呼ばれる浮きがつけてある。

ある艇が潜航訓練に出た。艇付は、十三期の福岡定男である。この時十七歳。快調に潜航していると、突然、舵がきかなくなった。どれだけ足を踏ん張っても、びくともしない。計器を見ると、電圧が異常に上昇している。急いでモーターを停止し、艇長に事態を説明する。緊急浮上。しかし搭乗員は、操作はできてもメンテナンスはできない。海の真ん中で、動きが取れない。その時は、はっと思った。もしかしたら、凧のワイヤがスクリューにからまってしまったのではないか？　しかしスクリューは最後尾、それも水面下である。艇長に言ってとにかくふんどし一丁になり、ハッチを開けて外に出た。潮の流れはけっこう早く、艇が流されているのがわかる。

幸い波は静かだった。もともと海龍の背中は、人が歩くことなど想定していないので、平らな所などなく、さらに排気管が乗っている。海水に濡れて滑るその上を、無線用の空中線にぶら下がるようにつかまって、慎重に後尾まで行った。そのまま片手を離して、顔を海面に触れるほどまで海中に突っ込んだ。スクリューに届いた。やはりワイヤがからんでいる。夢中で外して、戻った。後で、よくワイヤのことがひらめいたものだと、自分でも感心した。

そして一週間に一度くらい、池田自身も訓練に出かけてゆく。こちらはもう実戦的なものである。

深々度潜航訓練をやったことがある。

深度二十、三十……。このあたりまでなら、どうということはない。通常でも潜る深さだ。五十を超えると艇がミシミシといいはじめる。漏水がひどくなってくる。七十米《メートル》まで行くと、艇自体が少し狭くなったような気がする（実は本当に狭くなって

海上自衛隊第１術科学校教育参考館の海龍の試作３号艇

試作３号艇の内部。艇長席付近から艇付席の方を見たもの。艇付席のフットバー、艇長席のベントレバー(左)が見える。右上に丸く突き出ているのは気蓄器

艇内の機器配置（初期型・池田艇の場合）

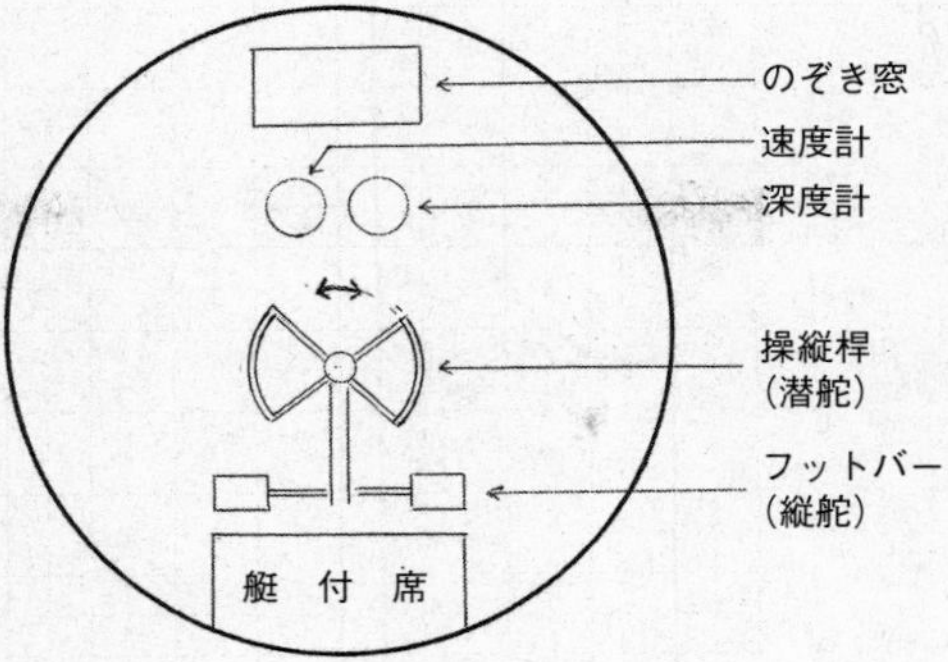

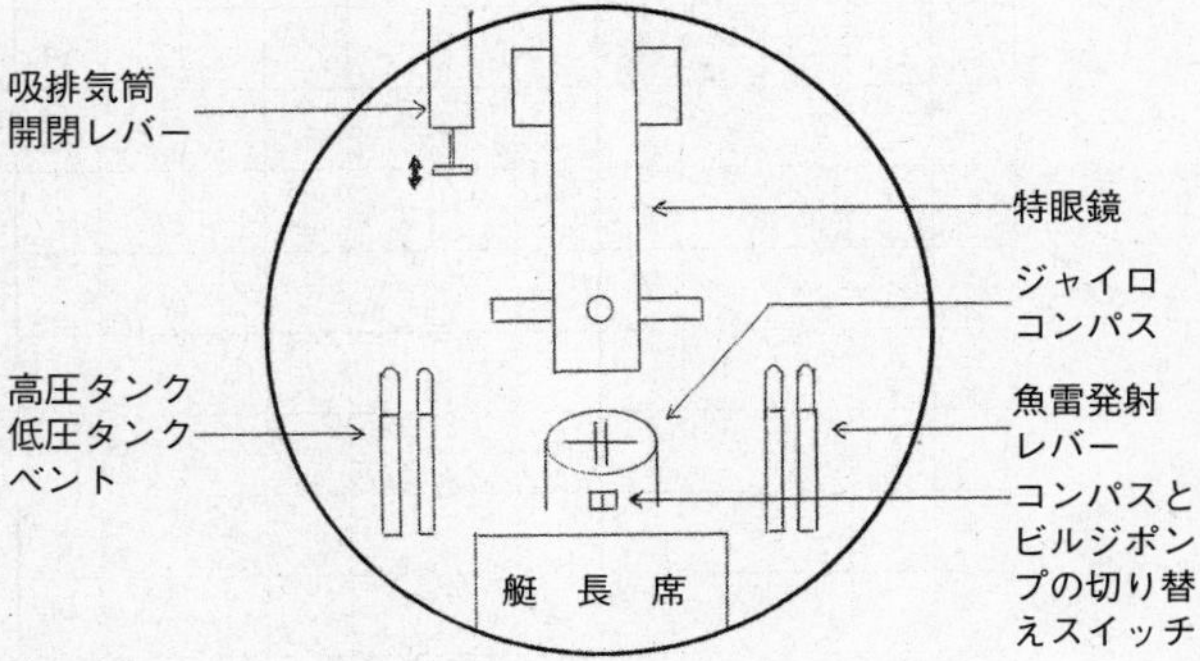

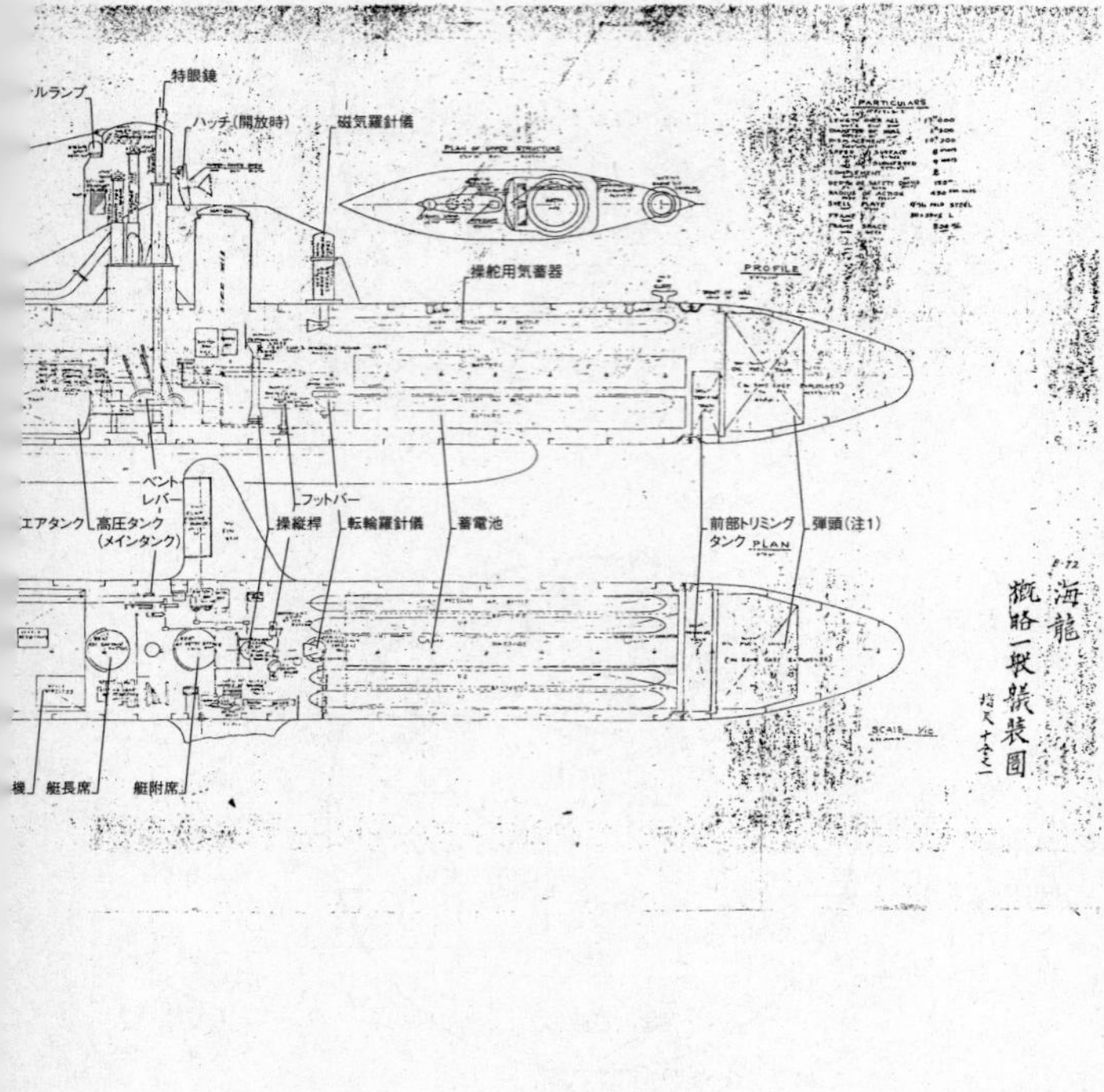
ルランプ
特眼鏡
ハッチ(開放時)
磁気羅針儀
PARTICULARS
PROFILE
操舵用気蓄器
ベント
レバー
フットバー
エアタンク
高圧タンク
(メインタンク)
操縦桿
転輪羅針儀
蓄電池
前部トリミング
タンク
PLAN
弾頭(注1)
機
艇長席
艇附席
海龍
概略一般艤装圖

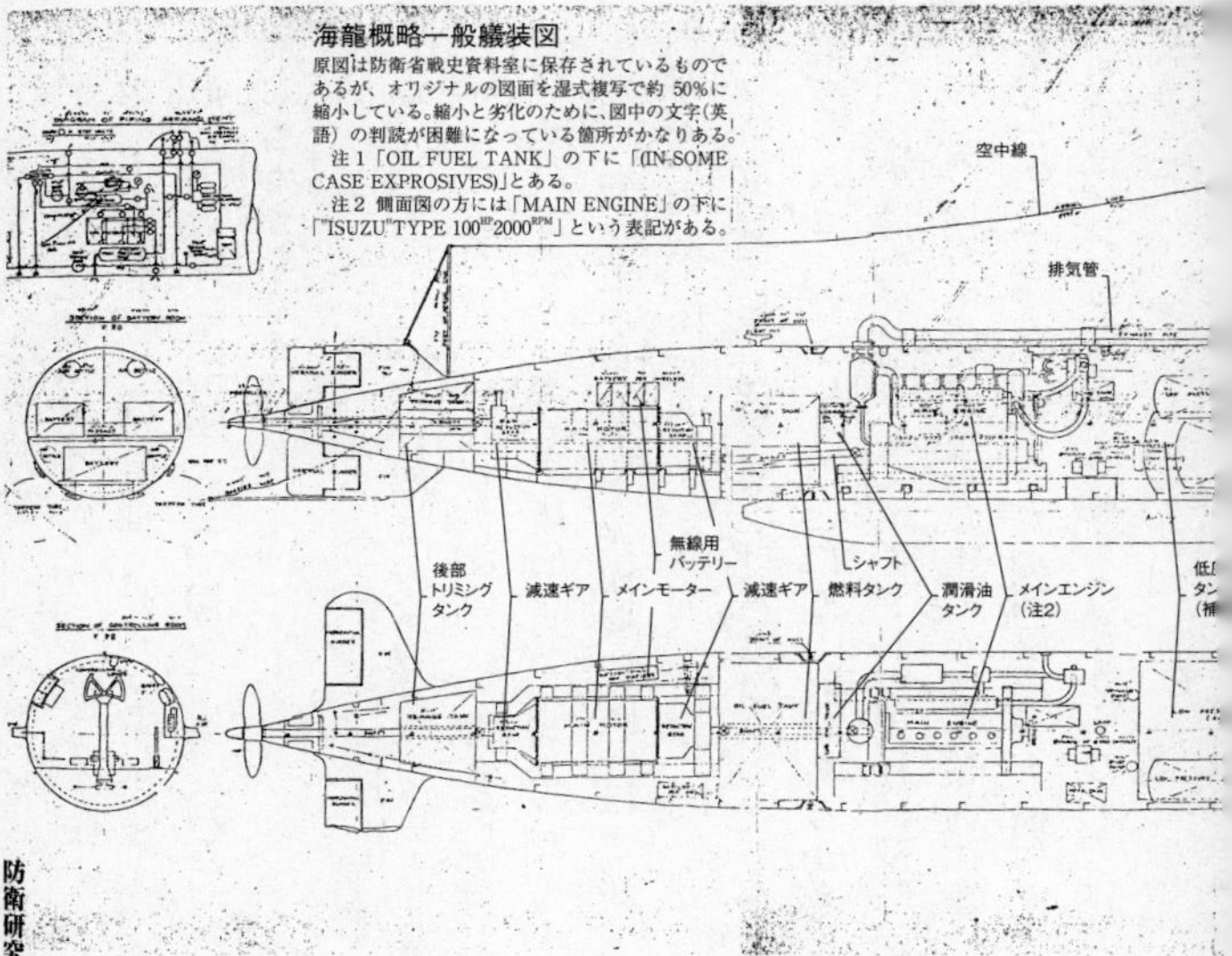

海龍概略一般艤装図

原図は防衛省戦史資料室に保存されているものであるが、オリジナルの図面を湿式複写で約 50%に縮小している。縮小と劣化のために、図中の文字（英語）の判読が困難になっている箇所がかなりある。

注 1「OIL FUEL TANK」の下に「(IN SOME CASE EXPROSIVES)」とある。

注 2 側面図の方には「MAIN ENGINE」の下に「"ISUZU"TYPE 100^{HP}2000^{RPM}」という表記がある。

いる)。これは危ないかな、と思ってそこまでやめた。

設計深度は二百米、安全係数は一・五倍だから三百米までは大丈夫なはず。深深度計の目盛りは六十瓩《キロ》/平方糎《センチ》(六百米)まで切ってあったが、果たしてそこまで潜れるのだろうか。誰にもわからなかった。

魚雷発射訓練も実施した。ただ、目標に命中させるというより、「ちゃんと発射できるか」の実験といった方がいいかもしれない。魚雷も模擬弾だった。実は魚雷は「高い」のである。最も一般的な九三式(直径六十一糎)のものなら一本五万円くらいする。戦争前なら立派な家が楽に十軒ほど建ってしまうほどの額だ(ちなみにゼロ戦一機は約六万円)。

先の甲標的がハワイ攻撃で何も戦果を上げられなかったというのも、実弾発射訓練をほとんど実施していなかったということにも一因があるかもしれない。

ミッドウェー占領後の防御兵器として準備された甲標的部隊が、作戦中止により呉に帰投した。その際、長期行動時の搭載魚雷の精度を検討するため、各艇の魚雷を安芸灘において実射したところ、ほとんどが海面跳出、大偏射をきたした。指揮官の関戸好密少佐は、「真珠湾等の攻撃に際し戦果の挙がらないのは、せっかく突入しても魚雷のためと感ぜられるところがあり、調定諸元、射法の改善に関係者一同奮起した」と述べている。

まず雷装して出港する。浮上航行から潜航——まったくスピードが出ない。魚雷をつけていない時の半分くらいだ。

発射実験だから、目標は何でもいい。潜望鏡で適当に目標を決めて、

「発射準備よし」

「1番発射！」

発射レバーを引く。ドン！　直後、片側が軽くなるので、艇が左右に大きくローリングする。ある程度おさまった——といっても片側に傾いたままだが、

「2番発射！」ドン！　また、ぐらぐらぐら……。

とにかく訓練は終了した。

そして帰ってくると、すぐに整備兵が艇を引き揚げて、点検、整備、充電にかかる。自己充電装置は備えられていたが、実際出てから充電していたのでは間に合わない。ほとんど徹夜の作業になる（全放電から全充電だと八時間、普通充電で五時間、急速充電でも三時間かかった）。

こうした人たちがいてくれるから、自分たちは安心して出撃して行けるのだ。心の中で手を合わせていた。

鞍馬天狗

その頃のことである。

艇付の予科練十四期の誰かが、いたずらをして、ロープを海水につけて固くし、使えなくしたことがあった。それで十三期が怒った。みな十六、七歳の若者である。しかし、わずか一歳でも、軍隊では大変な違いだ。それで深夜、みんなが寝静まった頃に呼び出して、「罰」を与えることになった。

それが池田の耳に入った。今日もまた一人呼び出されるらしい。

これはいかん、と思ったが、どういう状況なのか、まず確かめねばならない。そこで、部屋に忍び込んだ。

部屋は灯火管制で、電灯には黒い布が垂らしてある。真下以外は真っ暗である。そこで、釣り床を釣るためのビームに上がり、伝って部屋の真ん中に行った。見ると、電灯の真下の明るいところに十四期のものが一人座らされ、回りを十三期のものが取り囲んでいる。

いよいよ修正が始まりそうになった。

「待てい！」

全員が一斉に上を向いた。そこでひらりと飛び降りた。

「そういうことをされて怒る、お前たちの気持ちは、わからんでもない。しかし、今の日本はどうなっていると思うか。沖縄までやられた時だ。俺たちは最後に命を賭して戦うために、やってきてるんじゃないか。こういう些細なことは忘れて、明日の訓練に備えよ」

そう言って帰っていった。

この「待てい！」と飛び降りたのがよかったらしい。十三期の國井久男が、「まるで鞍馬天狗だった」と言った。それで次の日から名前が「鞍馬天狗」になった。

めし

こうした生活の楽しみは、なんと言っても「食事」である。そして伝統的に海軍は食事がよかった。「海軍に入ったら米のメシが食える」といって志願してきたものも多かった。

ところがこの頃になると、その海軍の食事でさえ、かなり情けなくなっていた。もちろん民間では犬肉とタツノオトシゴの販売は昭和十四年から実施されていたが、十七年には主食でも玄米食普及が閣議決定され、十八年からは五分搗《づ》き米の配給不足分が玄米で支給されるようになり、あの有名な「一升ビンに玄米を入れ、棒でつついて精米する」（もちろんこれも「米穀搗精《とうせい》制限法」というのがあって、勝手にできないので、こっそりとやるのである。しかしなかなか白くならなかった）ことが起こっていたり、「見よぶっかけの皿あけて／まだ食い足りぬ芋の粥《かゆ》／哀れな児らにハラハラと／涙は落ちる親同士／おお欠乏の朝ご飯／そびゆる富士の姿ほど／米味噌積んでゆるぎなき／わが日本に早くなれ」という食糧難替え歌（森川幸雄作詞、瀬戸口藤吉作曲『愛国行進曲』「見よ東海の空あけて〜」の節で歌う）が流行する、という状態であったので、それから比べたらはるかにマシである。

新兵時代、大竹の海兵団では、米は全部玄米だった。兵隊は通常「早メシ早グソ」である。ところが玄米ではそうなると消化できず、はらいたを起こす。そこで食事の時にしょっちゅう「よく噛んでゆっくり食べよ」という放送が入った。しかし、やはり急いで食って下痢をするものがたくさんいた。

武山の学生隊では米は五分から七分搗きのものが出されていた。海軍は航海中のビタミン欠乏を補うために玄米食が多かったから、これは普通。しかしおかずがなかった。武山の周辺は三浦大根の産地である。それで大根ばかり食っていた。たまに何かの記念日などで酒保で汁粉でも出ようものなら大盛り上がり。とにかく腹が減るので、菓子のかわりに薬局でワカモトを買ってかじっていたのが、何人もいた。だからワカモトはいつも売り切れ。ところが、これは消化薬である。食べるとますます腹が減るという笑えぬ喜劇を演じていた。

そして味噌汁である。豆腐が多かったのだが、人数が多いため切っていると間に合わない。そこで床にビニールシートを敷き、その上に五十糎《センチ》角くらいのかたまりの豆腐を置いて長靴で踏んでつぶし、スコップで大鍋にほうり込んで作っていた。だから、任官して最初に豆腐の味噌汁が出た時には、「豆腐が四角い」ということだけで感激していた。

横須賀に行ってからは、食事はよくなった。というか特攻基地は特別扱いなのである。とにかく一度出て行ったら帰って来ないのだから、せめていいものを食わせておいてやろう、ということなのだろう。甘やかされていた、と言ってもいいかもしれない。缶詰ではあったが、肉やウナギなど何でもふんだんにあった。

だが、やはり缶詰。初めはいいが、すぐに缶の臭いが鼻につくようになる。時々出される新鮮な野菜が非常にうまかった。

七月十八日の空襲の後には、はずれて海中に落ちた爆弾のおかげで、大量の魚が浮き上がった。その時には各部隊・学校からさっそく魚拾いの作業班が出た。そしてその晩のおかずは、どこもキンメダイの刺身だった。

訓練が終わるとレス（レストラン＝料理屋）に行く。

戦艦長門

横須賀には山本五十六長官もよく行っていた「小松」（「松」だから通称「パイン」）という料亭があった。ただしこの頃になると、料亭といっても酒はまったくないので、すべて自分たちで持ち込まねばならない。

ところが、その途中に国民酒場というものがあった。そこでは、配給がある時は、一般の人でも一人一合ずつ酒が飲めるのである。それで四十、五十のおっさんが、切符を持ってずらっと並んでいる。その前を、いくら軍人、士官、特攻隊員だからと言って、二十歳くらいの若いもんが、一升瓶下げて歩けるものではない。それで、どんな天気の時でも雨着（マント）を着て、その下に一人一本ずつ隠してレスに行った。

そして部屋に入ると、持ってきた一升瓶を

床の間にずらっと並べる。すると仲居さんが出てきて、下へ持って行って燗《かん》をしてくる。それがなくなるまで飲んで、そしていい機嫌になってご帰還になるのである。

　レイテ沖海戦で損傷した戦艦長門*が横須賀に帰って来て、記念館三笠のすぐ先、小海に係留されていた。長門の航海士高嶋碩夫少尉は、池田の予備学生の時からの親友だったので、四月二十九日、天長節の休みを利用して訪ねてみようと思った。

　行ってみて驚いた。主砲塔には擬装用の竹アミの覆いが掛けられているし、汚い迷彩用のペンキが塗りたくってある。甲板に上がってみると、その主砲と高角砲以外の砲は何もなく、やたらと広い。艦橋のエレベーターは止まっているし、人も少ない……。長門は二月十日付で横鎮付の警備艦となっていたのである。要するに「もう動かなくてもいい」と言うことだ。だから航海長もおらず、航海科は高嶋少尉一人が頑張っていた（さらにこの日には艦長も交代直後で着任しておらず、いなかった）。

　予備学生以来の積もる話をしているうちに、昼食時になった。

「めしでも食って行かんか」

　がらんとした士官食堂で一緒に食事をする。祝日ということもあって、豪華なものだった。しかしそれ以上にすごかったのは、従兵の立ち居振る舞い。礼儀正しく上品なのだ。

「一流ホテルのボーイ並みだな」

動けないと言ってもさすがは元聯合艦隊の旗艦である。いかなる時でも「スマート」に振る舞う。これが帝国海軍の伝統なのだ、と思った。

演習

訓練も軌道に乗った五月十六日から十八日にかけて、各隊から海龍数艇と震洋数十艇ずつが集まって、横須賀鎮守府第一次特攻合同演習が実施された。中心となったのは海龍であった。

内容は、夜明けに、停泊中の艦船を攻撃するというもの。

十七日夜明け、赤旗を掲げた二隻の審判艇が並んでやってきた。その真ん中に目標がある。開発者の浅野中佐はじめ十人の審判員が見守る中、攻撃が行なわれ、魚雷は見事に目標に命中した。

この時、周囲は十分明るくなっていた。そして雷撃されることがあらかじめわかっていて、十人が双眼鏡で見張っていたのである。それにもかかわらず、海龍がどこにいるのか、魚雷が発射されるまでまったくわからなかった。そこで、これならば実戦でも攻撃が成功する可能性は大である、と認められた。鎮守府長官・戸塚道太郎大《だい》将《しょう》は、最後の講評で、「今や特殊潜航艇は、海軍の主力である」と述べた。

展開

隣の横須賀工廠は、海龍の製造に全力をあげていた。そして六月中旬、新たに完成した六十艇が油壺に展開することになった。

初の実戦展開である。当日は横須賀突撃隊の大石司令はじめ全員が見送る中、部隊は堂々と出港していった(この中には、先に出てきた一言多十少尉もいた)が、波がかなり高く、剱崎を越えると浮上航行ができなくなり、潜水航行となった。そしてとうとう一艇が到着することができなかった。

これを皮切りに、各地に次々と海龍部隊が展開してゆくことになる。

そうなると、製造も横須賀工廠だけでは間に合わない。移動の問題もある。そこで五月から、各地の民間の工場に海龍の建造が命じられた。三菱横浜、日立笠戸（山口県下松）、浦ノ崎（佐賀県伊万里）、林兼（山口県下関）、日立桜島（大阪）、浦賀ドック、函館、大阪造船、藤永田（大阪）、日立因島（広島）の十ヶ所である。これらの工場で完成した海龍は、それぞれ近くの戦隊に配備された。

しかし行った先では、訓練よりも艇を隠すための穴掘りばかりが忙しかった。

横須賀空襲

この前後のことである。

東京は三月十日の大空襲で大部分が焼け野原となっていたが、再び五月二十五日の夜に大空襲を受け、今度は皇居が炎上した。

横須賀と同じく軍港と工廠のあった呉は三月十九日に爆撃を受け、在泊していたふ

佐賀県伊万里市山代町、浦ノ崎川南造船所の門と事務室(門の奥)。木造の事務室は蔦で覆われ、屋根が抜け落ちている。平成24年1月までは工場の一部も残っていた。(2019年4月撮影)。

この造船所で動員学徒として働いていた佐賀県鳥栖市の小林肇氏が、平成23年解体直前の工場跡を訪れた際の短歌。

浦之崎青春(わかき)学徒の夢の跡廃虚(あれち)の海にかれ葉が浮かぶ
建艦の意気高らかな夢の跡岸辺に浮かぶ特殊潜航艇

伊万里ケーブルテレビジョン(株)提供・2011年撮影

ねは軽巡大淀が大破航行不能になったのをはじめとして、戦艦大和、軽巡矢矧《やはぎ》を除いてほとんどが戦闘能力を失った。そして続く三度の空襲で工廠と市内のほとんどが灰燼《かいじん》に帰し、七月二十四日には防空砲台となっていた戦艦伊勢、日向、榛名、重巡利根、空母天城、海鷹などが沈没着底した。

そして沖縄には、四月一日に米軍が上陸、海上特攻として向かった大和、矢矧も撃沈され、六月二十一日には日本軍は全滅した。

そうした中で、なぜか三浦半島は無事であった。

しかし七月に入ると間もなく、有力な米機動部隊が本州南方に出現したとの情報が入り、一気に緊張が高まった。これはハルゼー率いる第三八機動部隊であった。七月一日、レイテより北上を開始したこの部隊は、本州沖百から二百浬《かいり》の洋上にあって、日本各地に爆撃を加えた。

十七日、少数の艦載機が横須賀上空に飛来した。敵機は市街地上空を一回りして帰って行ったが、海龍部隊でも、「いよいよ来るぞ」と緊張が高まり、その日は引き揚げてある艇の偽装を念入りにやり直したりしていた。

そして翌十八日ひる前、市内に警戒警報が出た。「昼食は急いでとれ」という放送が入る。一二四七《ひとふたよんなな》、関東海面空襲警報発令。島砥倉防備衛所から「来襲敵機ハ小型機ナリ警戒ヲ要ス」という連絡が入る。訓練に出ていた艇が帰って来て引き揚げられ、木の枝などで隠される。一四三〇「房総半島南端ニ大編隊北西ニ向フ」緊迫のうちに三時すぎ、空襲警報が発令された。

「ただちに防空壕に入れ」

ほとんどすぐに敵機がやって来た。

敵機は近づいてくると二、三機ずつに別れ、海龍部隊の頭の上を飛び越えて、軍港内外の目標に降下してゆく。

後方の山では、味方の防空砲台や長門から下ろした機銃などが対空砲火を始めたが、一機も墜ちない。その上遠いので、ぜんぜん迫力がない。防空壕から頭だけ出して、「何やってるんだ」切歯扼腕《せっしやくわん》とはこのことである。

そのうち何本も大きな爆煙が上がり、一瞬遅れてドーン、ドーンという地響きのような爆発音と衝撃が伝わってきた。

直後、爆撃を終えた敵機が、そのまま低空で海龍部隊の上空にやってきた。「危ない」という間もなく、バリバリバリバリバリッと銃撃を受けた。

だいたい艦載機の機銃で建物などを撃っても意味がない。仕事をしていて退避が遅れたものが狙われた。

「早く来い！」壕の入り口から叫ぶ。走ってきたものがやられて倒れる。しかし出たら自分がやられる。目の前にいるのに、助けに行けない。

敵は四十分くらいで去っていった。行った、ということを確認して、壕から飛び出して、負傷者の救助に走る。頭が半分そぎ取られて、脳漿《のうしょう》が流れ出ているものがいる。「おーい、担架持ってこい！」「重傷者が先だ！」「こっちも重傷だ！」担架が一つしかなく、奪い合いになった。

訓練中に空襲に遭遇した艇もあった。

先に出てきた福岡の艇は、訓練の終わり頃にけたたましい警報のサイレンを聞いた。急いで基地に戻り、艇から降りると、向こうの方で敵機が群がって爆弾を投下している。それが旋回してこちらへ向かってきた。防空壕へ行く暇はない。目の前にあった木材の山の隙間にもぐり込んだ。

上では、爆弾の破片なのか高角砲の破片なのか、不気味な音を立てている。目の前は煙がもうもうと立ちこめて異臭を放ち、何も見えない。木材は爆風によってひっきりなしに揺れる。時折、強い揺れを感じるのは、近くに爆弾が落ちたせいか。いつ直撃弾を浴びるかと思うと、恐怖感が襲う。福岡は、この時、ああ、これで俺は死ぬ、と観念した。すると、あれほどの恐怖がなくなり、冷静になった。居直ったのか、あるいは死の直前には、このような気持ちになるものか。

どのくらい経ったのだろうか、あたりが急に静かになった。木材の下からはい出してみると、すぐ近くに十米くらいの大きな穴があいていた。

別の艇は、訓練が終わって浮上したが、艇がやたら揺れるし、外の様子が何となくおかしい。特眼鏡で見てもよくわからない。それでハッチを開けると、真上に敵機がいた。あわてて再び潜航し、沈座して息を潜めていた。しばらく経って、もう大丈夫だろうと浮上したら、今度は周りの海面が真っ白で驚いた。死んだり気絶した魚の群れの真ん中だった。

この時来襲したのは、二波に別れたＳＢ２Ｃヘルダイバー艦爆、Ｆ６Ｆヘルキャット戦闘機などを中心とする約二百五十機。狙いは主として工廠と在泊艦船であった。各艦艇や機銃陣地などはよく戦った。浦賀港では、漁船に十三粍《ミリ》機銃を一基積んだだけというような小さなふねまでが敵機を撃墜したりした。しかし工廠は大きな被害を受けた。長門は前檣楼《ぜんしょうろう》に直撃弾を受け、艦長の大塚幹少将、副長兼砲術長の樋口貞治大佐など艦橋がほぼ全滅、危うく難を逃れた予備学生出身の高嶋少尉が一時的にせよ戦艦の総指揮を執るという前代未聞の事態が生じた。その他、あの日本海海戦の時に、隣にいる三笠と共に活躍し今は特務艦になっていた富士と春日、長門のすぐそばにいた特設電纜敷設艇春島丸、伊三七二潜が沈没、特務艦（標的艦）矢風も被弾するなど軍艦らしい格好のふねはすべてやられてしまった。

それに対し、海龍そのものに被害はほとんどなかった。爆弾の破片や機銃弾が当ったものはあったが、艇の直径が小さいのと鈑が厚く、ビームの数も多かったために滑って、わずかに凹みができた程度。穴が開いたものはなかった。幅二米の大型発動艇の両側に繋《つな》いであった艇の真ん中に爆弾が落ちて、大発が沈没し艇が流れ出したが、回収してみると、気蓄器*のベルトが切れただけ、というのもあった。

それで搭乗員は「丈夫な艇だ」と喜び、工廠では「魂を込めて作ったのだ。弾くらいで穴が開いてたまるか」と大いに士気が上がった。

これ以降、横須賀に対する空襲も、日を追って激しくなっていった。

Ｂ29は大都市に対する無差別絨毯《じゅうたん》爆撃を行なうので、横須賀上空は通過する。関係するのは機雷による水路封鎖（米軍はこれをOperation Starvation＝飢餓作戦と呼んだ）と、沿岸の工場群を狙ってくる精密な狙いがつけられる艦載機である。

訓練中の艇にもしばしば機銃掃射が加えられた。空襲があまりにも頻繁なため、やられてもそのまま引き揚げられないものも多数あった。

本土決戦も近い、ということで、それまではバラスト（鉛の重り）を積んでいた艇首にも炸薬が充填《じゅうてん》された。

出撃

八月一日の夜半である。伊豆大島の見張り所が、突然、敵の大輸送船団が三列縦陣で大島沖を北上中と伝えてきた。海図を見るまでもなく、目標は相模湾の海岸線だ。

ただちに「決号作戦」（本土決戦）が発動され、「合戦準備」が令せられる。

「いよいよ来たか」「思ってたより早かったな」「これで終わりだな」

そのための海龍である。身の回りは整理してある。非常に冷静であった。外では、整備兵によって出撃準備が始まった。初空襲以降強化されていた偽装が外《はず》される。防空壕から魚雷が出されて艇に取り付けられる。準備が完了したものから次々と海へ下ろされてゆく。

「出撃用意」がかかれば搭乗である。

「輸送船団だけらしい」「護衛があまりいないのか」「それならだいぶやれるな」

「長門も出るらしい」「我々はまだ出ないのか」

そんなことを言っているうちに、

「先ノ輸送船団ハ夜光虫ノ誤認ナリ」という電報が入った。

なんなんだ。唖然とする思いで作業をやめ、時計を見たら、まだそれほど時間は経っていなかった。

油壺である。こちらに情報が入ったのは、横須賀よりも早かったらしい。

隊長の久良知大尉が搭乗員を集めて状況を説明する。ところが顔を見ると、みな緊張で蒼白になっている。これはいかん、と思って回れ右をさせ、軍歌「蒙古来る」と「如何に強風」を大声で歌わせたら、落ち着いた。

海軍ではかねてから、敵が本土に上陸するのであれば、本隊は九十九里、別働隊が相模湾であろう、と予測していた。そのため油壺では、「準備ができた艇から出撃、九十九里沖で会合、沈座*して敵を待つ」として、次々出撃していった。

ところが、二番艇が城ヶ島を回ったところで、「先の情報は誤認である。ただちに引き返せ」という無線が入った。

この時、無線が故障していた艇が一隻いた。出撃時の指令は、「無線機が故障すればただちに帰投」であった。ところが、このまま帰れるか、とこの艇は九十九里沖まで行き、朝まで待っていたが、敵がやってこない。これは、相模湾だけだったのか、と思って真鶴沖まで行ったが、やはりいない。燃料がなくなってしまったので、二日の夕方にやっと帰ってきた。その精神はよかったのだが……。命令違反と言うことで、怒られた。

この時、一番バタバタしたのは、長門だったかもしれない。

連絡が入るとすぐ、横須賀鎮守府の砲術参謀畠山国登中佐が自転車で飛んできた。

「長門はすぐに出撃してくれ」

出撃しろと言われても、ボイラーの火は消えている。燃料も入っていない。人員もそろっていないし、弾火薬は山腹の防空壕にしまってある。その上、空襲以来、偽装強化ということで、艦内に注水して、擱座《かくざ》着底しているように見えるようにしていたのだ（さらに艦橋の復旧工事も行なわれていなかったし、煙突の一部と後部マストの上部も撤去されていた）。

もともと「警備艦」になってからの長門は、最後のご奉公として、敵が相模湾に上陸してきたら、八門の四十糎《センチ》主砲で、三浦半島の丘陵ごしに砲撃しようという計画だったのである。そのため、江ノ島と藤沢、大磯に四米《メートル》半測距儀とTM電信機を据え付け、着弾誘導をしようとしていた（だから高嶋航海士も藤沢の「穴掘り隊長」になっていた）。ところが、その観測所が完成していなかったのだ。

「とにかく燃料は何とかするから」ということで、急遽《きゅうきょ》、出撃準備が始まった。

艦内の水をポンプで抜きにかかる。弾薬の搭載が夜を徹して行なわれる。明け方近く、どこからか重油のバージがやってきた。燃料の急速補給作業をやっているところに、「誤認」の訂正電報が入った。

横須賀沖深度五メートル

数日後のことである。訓練に出た池田は、艇の性能試験をやってみようと思い立った。実際にどこまでできるのか。いつ、本当に出撃になるかわからない今、それを知ることは大事なことだ。

気をつけなければならないのは、外洋での水上航行時である。波高があると頭をつっこんでしまうというのだ。油壺展開の時も、それで苦労したらしい。東京湾内であるから、波はそれほどないが、スピードを上げると同じ状態になる。どこまでなら大丈夫なのか、試してみようと思ったのである。

港外に出て全速を命じる。「四節《ノット》、五節……」一杯、七節の手前で、突然、頭上の吸排気筒*(シュノーケル)からザアーッと海水が流れ込んできた。「機関停止!」機関が止まる。機関を止めないで吸排気筒を閉めると、せまい艇内の空気は一瞬にして使い果たされて真空となり、眼球が飛び出して即死してしまうのである(これで殉職した艇が二艇あった)。

ところが吸排気筒が閉まらない。海水は容赦なく流れ込む。数秒。ハッと気がついた。吸排気筒のレバーは押さなければならないのに、あわてて必死になって引っ張っていたのだ。

海水の浸入は止まった。「動力、電池に切り替え」スクリューは動いたが、どうも様子がおかしい。いつも正面と思っているところが上にあるようだし、後部の機関も下の方にあるようだ。

特眼鏡にとりついてぐるぐる回すが、何も見えない。うす茶色のような、黄色っぽい濁った海水が見えるだけである。

「深さ八……九……十……」艇付がしっかりした声で深度計を読む。中に入った海水の重さで、次第に沈んでゆくのだ。

「全速前進!」同時にビルジポンプ*のスイッチを入れた。

「深さ七……六……五……」

通常、海龍にはヒューズが二つついていて、ビルジポンプとジャイロコンパスが同時に動かせるようになっている。ところが、なぜかこの艇にはヒューズが一つしかなく、ポンプとコンパスが切り替え式になっていた。つまり、ポンプを動かしてしまうと、海中では自分がどこにいるかわからなくなってしまうのである。

このあたりにはたくさん船が沈んでいる。敵が落としていった機雷もある。もし変な方向に進んでしまってぶつかりでもしたら、炸薬には安全装置がかかっているとはいうものの、一つ間違えば大爆発だ。その上、この艇のポンプは効きが悪かった。

そこでポンプを切って、コンパスに切り替えた。しかし潜舵を一杯に上げて全速で走っても、五米より浮上しない。少しでも速力を落とすと沈降してゆく。

そうしてしばらく走り回っているうちに、このままでは二人とも東京湾の底で犬死にしてしまう、と思った。艇付の頭の上に人ひとりが出入りできるハッチがある。水圧があるが五米なら〇・五気圧である。ものすごい重さになっているはずだが、開けられないことはないはずだ。何とかこの十九歳の艇付一人でも、うまくいけば自分も、と思って、

「ハッチ開け!」

「?」

艇付の信田充一等飛行兵曹はその大きな背中で、「一体どうしたのですか?」と聞いている。

「ハッチを開くんだ!」前よりいっそう声を張り上げ、池田の搭乗靴はしたたかに彼

の背中を蹴り上げた。

「艇長、水の中ですよ！」

その声で少し落ち着いた池田は、またしばらく深さ五米の海中を全速で走った。殉職した戦友も数多くいる。引き揚げられたK少尉のポケットには、「七生報国」の遺書があった。

自分も遺書を書かねば、と思った。ポケットから手帳を引き出し、鉛筆を引き抜くと、芯が折れている。刃物などはないので、歯でかじって芯を出し、何とか書けるようにはなったが、手帳がさっきの海水浸入の時に濡れてしまって、開くのがやっとである。そんな鉛筆で書いても、紙が破れてしまう。

とうとう遺書はあきらめ、遺体を引き揚げられた時に見苦しい姿を見せるな、と艇付に命じ、自分はベルトで体を椅子に縛りつけ、体が倒れないように腕を両側に走るコードの中につっこんで体を支えた。

艇内の電灯も薄暗くなってきた。とうとう死と直面することになった。

こうした時、さまざまな光景が頭の中をよぎるという。家族のことや恋人のこと、一瞬のうちに今までの全生涯を見たり、これから送るはずだった人生を見たりすることもあるという。

この時、真っ先に池田の頭に浮かんだのは、「みんなに申し訳ない」ということであった。

「このまま敵の機動部隊と遭遇することもできず、今までの訓練を役に立たせることもできずに、再び海上に出ることもなく、死んでしまうのか」

「祖国よ！　同胞よ！　今は本当に大変な時である。いかなる苦難にも耐えよ。私の死以後の祖国と同胞に大きな期待を残し得てこそ、私は死んでいけるのだ」

そして次に浮かんだのは、「あの青空と草木の緑を一目見たい」ということであった。

こうした状況下における、特に特攻隊員の心境については、さまざまな映画や本などでも取り上げられているが、その多くが戦争というものを知らない偏向教育のフィルターをかけられているのではなかろうか。当事者の回想にこそ真実があるはずで、実情を知らない人間が、思想や政治信条で勝手な脚色をすることは、その人に対する非礼になるだけではなく、ひいては歴史の歪曲《わいきょく》にもなるであろう。

「深さ、ゼロ！」

突然の艇付の声に、ハッと自分を取り戻した。

特眼鏡をつかんで目をあてる。見えた。海上である。内火艇が前を走って、手旗の信号を送っている。「富士ポンドにつける」と読めた。すぐに特眼鏡を回して了解の合図を送る。内火艇も、兵員の白い事業服も手旗も海水も、すべてまぶしい。

そのまま富士ポンド*についた。

「池田少尉が沈んだ」「遺体が引き揚げられた」という噂でずらりと並んだ百余名の上官、戦友、部下たちの出迎えである。その恥ずかしかったこと。

型どおり、指揮所に訓練終了の報告に行く。

「慢心した時に事故が起こる！」

敬礼した顔面に鉄拳が飛んできた。痛くも何ともなかったが、疲労が激しかったのだろう。十何発か見舞われた後、池田はがっくりと膝をつき、そのまま立ち上がれなかった。当直将校としては、自分の担当の時に死亡事故を起こされたら、大変な責任になる。だからこれは、嬉しかったから殴ったのだろうと思われた（この指揮所は海に突き出ていた。場合によっては殴ってそのまま海に突き落とすこともあった。この場合は二人とも落とされていないので、このように判断したわけだ）。

数分後、池田は同じ運命になった艇付とともに居住区へ向かっていた。宿舎の前で艇付は折り目正しい挙手の礼をした。その表情も眼光も、いつものように生き生きしていたので、池田は「すまなかったな」という気持ちで笑おうとして、激痛をおぼえた。先ほどの鉄拳の雨で顔面は腫《は》れ上がり、笑うこともしゃべることもできなくなっていたのである。

こういうものは、その日よりも翌日の方がひどくなる。この後、池田は一週間ほど口も開けられず、食事は従兵におかゆにしてもらい、そればかり食っていた。

しかし、海中にあったはずの艇がなぜ救出されたのか。

この時、陸上の監視哨で任務に就いていたのが、十四期艇付の貝塚英男一飛曹だった。その双眼鏡に海面から突き出た丸いものが映った。そしてそれが動いている。何だろうとしばらく見ていて、はっと気付いた。

「いかん、あれは海龍だ。浮上できないらしい」

それでただちに救助隊の出動となった。

浸入した海水が後部にたまったため、艇が大きく仰角の状態になり、深度計は海面下五米にあったものの、最先端部が海面からわずかに出ていたのであった。

のちのことである。

池田は艇付だった信田に、「おまえがあの時ハッチを絶対に開けようとしなかったから、俺は助かったのだ。おまえは命の恩人だ」と言っていた。そうしたら、ある時の戦友会の席上で、貝塚が、「実は双眼鏡で艇を発見したのは自分であります」と言った。「そうか、それならおまえも命の恩人だ」さらに、「内火艇で行って、艇にロープをかけて引き上げたのは自分であります」というのも出てきた。「一人だと思ったのに」命の恩人が三人になってしまった。

八月十五日

八月も十五日になった。朝食後、正午から「重大放送」があるから全員集合するように、という指示があった。

集合してみると、陛下御自らの放送であるという。全員整列し、直立不動の姿勢で拝聴したのであるが……。ザーザーという雑音が多くて、ほとんど聞き取れなかった。

「どういう内容だったんだ?」

とにかく陛下の直接のお話なのだから、みな結束してがんばれ、ということだろう
と言って、闘志を新たにしていた。

この時、別室で、寝台に寝たまま一人でラジオを聞いていたものがいた。池田である。顔の状態が悪くて、起きるに起きられなかったのだ。放送はやはり聞き取れなかったが、途中で「尚《なお》交戦ヲ継続セムカ」という言葉が聞こえた。その瞬間、「これは、終わった」と直感した。

そういうところから、次第に、「頑張るぞ」と言っていた隊員の間にも、「どうも、さっきの放送は、日本が負けたということらしい」という話が広がりはじめる。そのうち隊長から、「命あるまで、待て」という指示が出た。

横須賀鎮守府から「戦備ヲ強化スベシ」「敵来リナバ撃滅スベシ」という命令が来た。

どこかの戦闘機が「国民諸君ニ告グ。……天皇ノ軍隊ニハ絶対ニ降伏ナシ」と書いたビラを撒いて飛んでいた(厚木の三〇二空だった)。駅の構内や街角の電信柱に「日本のバドリオを殺せ」の貼り紙が出て、「剥がす者は国賊だ」と書き添えてある。

蛟龍部隊で、「沖縄に突入する」といって出撃していった艇があった（故障のため到達できず、艇長は自決。艇は遺体を積んだまま基地へ引き返した）。

陸軍では徹底抗戦派の将校が反乱を起こした。

しかし海龍部隊では、みな「終戦」を冷静に受け止め、そうしたことはなかった。

ただ、それまでの「いつ死ぬかわからない」緊張から解放されて、「生きた」ものの、突然のことで、何をしていいのかわからない。身の回りを片付ける、などといっても、もともと身辺整理はできているので、あまりすることもない。解散になるまで、ぼーっと過ごしていた。

以後

特攻隊は、すぐに解散を命じられた。血の気の多い若者は、必ずトラブルを起こすだろう、と思った米軍の指示だった。だから、復員はみな早かった。

嵐部隊の中に、同じ四期予備学生出身の吉川毅がいた。吉川の家は樺太であった。ところがソ連の参戦ということもあって、状況がどうなっているのか、まったくわからない。とにかくまず北海道に渡って、様子を見ることにしよう、と思っていた。そうしたら、部隊にいた北海道・樺太出身者の輸送指揮官として、引率していってほしいと依頼された。そこで、搭乗員と機関科の少尉、下士官、兵、それに工廠で海龍に関係していた者も加え、三百名余りを引率して、八月下旬、北海道に帰ることになった。

ところが、北海道に帰るといっても、簡単なものではない。戦時中には、札幌まで、うまくいっても五十時間くらいかかっていた。またこれだけの人数だと、普通の列車には乗れない。そこでまず上野駅に行き、駅長と交渉して特別に車両の提供を受けた。まる一日かけて、青森に着いた。ところが連絡船はすべて撃沈されてしまっている。米軍の指令で、勝手な海峡横断、船舶の航行はできない。とりあえず青森海軍府に行き、宿舎と食事を用意した。

港に戻って、岸壁に行ってみると、多くのふねが繋留《けいりゅう》されている。なんだ、あるじゃないか、と思って聞いてみると、暁部隊（陸軍船舶部隊）のふねだという。これ幸いと、一隻借り受けることにした。

乗船前、全員を岸壁に集めて言った。

「これからは大変危険な航海である。敵が撒《ま》き散らしていった機雷があるし、撃沈されたふねもある。しばらく待てば、連絡船も動くようになり、安全に渡れるようになると思うので、残りたいものは残ってよろしい」

しかし、ここまで来て……ということだろうか、全員が乗船した。

そこで、機関兵を配置につかせ、予科練のもの全員を見張りに立たせて、夜陰に紛れてこっそりと津軽海峡を渡った。

そして函館に着き、無事帰るように指示して解散させたが、直接の部下ではなかった。また、急な復員で書類も揃っていない。樺太方面の状況は依然わからない。結局、完全に解散になったのは、九月に入ってからだった。

関東近郊の艇は全部横須賀に、その他の地域のものは、地域ごとに集められた。二、三の艇は基地周辺で浜に乗り上げ、その後何年かぶりに海水浴が認められた子供たちをその背中や翼に乗せて、格好の遊び場となっていた。

多くの艇は、その後解体され、エンジンは再びトラックに積み替えられて日本の復興のために活躍することとなったが、米軍に引き渡された後、海没処分されたのもあった。

海龍もし出撃せば

かくして海龍は出撃しないままで終戦を迎えた。これはやはり十死零生の特攻攻撃が、天の与《くみ》しないものであったからであろう。

しかし仮に出撃していたら、どうなっていただろうか。シミュレートしてみたい。この場合の雛形となるのが、沖縄戦における甲標的部隊の戦いである。

敵上陸部隊が本土に接近すると、近くの海龍部隊が出撃する。例えば八月一日のように相模湾に上陸部隊が向かった場合、出撃するのは油壺、江之浦、下田の七十二艇と横須賀、勝浦、勝山の六十艇であろう。

これは丙型三、丁型（蛟龍）三の六艇で米軍を迎えることになった沖縄に比べると、確かに数は揃っている。しかし、上陸部隊が護衛もなく丸腰で来るとは考えられない。

沖縄まで両用戦で経験を積み、戦術と装備が進化した米軍は、上陸に当たって事前の砲爆撃を周到に実施するはずである。沖縄の場合、甲標的は夜明けとともに出港して海底沈座、夜になるか警報が解除されるのを待って基地に帰る、ということを繰り返していた。横須賀基地の場合は陸上で偽装、油壺では洞窟内に隠蔽していたが、近くの基地では当然それでは間に合わないから、同様の対策を取ることになるが、それでも多くが撃破されるだろう。またたとえ回避できたとしても、出撃前に基地機能が破壊されてしまえば、戦力発揮は困難となる。

敵の襲撃を避け得た部隊は、夜陰に紛れて出撃、襲撃を行なう。この場合、計画では十二艇で一隊を構成して同一行動を取ることになっていた。しかし相互の通話設備がないので、戦場において指揮管制はできない。そのため集団で進撃し、会敵後は各艇が個別に攻撃するという形になるだろう。

そして海龍の場合、敵に接近するまでは浮上航行、近づいてから潜航、ということになっていた。これは、雷装して速力の落ちた海龍が、夜間、小型潜望鏡のみで敵艦船を発見し、その進路、速力を判断、さらにそれに射程の短い魚雷を命中させることに、多大の困難が伴うということが予測されたためだ。実際、六月下旬に大島—房総半島間で行なわれた総合夜間訓練の際には、参加した十一突撃隊（油壺）の海龍三艇のうち、二艇までが、目標を発見することさえできなかった。

しかし浮上航行ということになると、確かに接敵までの時間は短縮されるものの、護衛の艦艇に発見される可能性は高まる。それを深々度潜航などによってくぐり抜けた上で、出来得るならば八百米程度まで接近し、まず装甲の薄い輸送船に対して魚雷を発射、二本撃ち終わった後、安全装置を解除し、体当たりを敢行することになる。

沖縄においては、やはり甲標的部隊が、三月二十五日を皮切りに五回、のべ九艇が出撃、一回目、二回目の攻撃では戦艦、巡洋艦に命中弾を与えている（陸軍の確認による）。しかし回数が重なると、警戒が厳重になったため接近できず、遠距離から魚雷を発射することしかできなくなり、戦果は挙がらなくなった。

米軍は、実際の戦果はさほど挙がっていなかったかもしれないが、特に「回天」による体当たり攻撃には心理的に大きな脅威を感じていた。これは終戦直後、外務省代表と米海軍代表がマニラにおいて進駐に関する打ち合わせを行なった際、サザーランド参謀長が、開口一番、「回天はいまだ洋上に残っているか」と質問し、「回天を積んだ潜水艦七隻が残っている」と聞くと、「それは大変、即刻降伏を伝達せよ」と言った、という話にも示されている。

したがって、沖縄の時以上に米軍の対潜警戒は厳重となろう。こうした中、果たしてどれだけの艇が敵船団に接近し、魚雷を命中させ、さらにその後、爆雷や対潜弾の攻撃を避けつつ体当たりを成功させることができたであろうか。体当たりにしても特に低速の海龍である。甲標的のシドニー襲撃時にも、敵の攻撃で魚雷発射不能となった艇が、米重巡シカゴに体当たりして魚雷を爆発させようと試みたものの、僅かに接触しただけで逃げられてしまった、という例もある。伊五八潜で回天戦を行なってきた橋本以行艦長は、回天でさえ、相当の戦果を上げるためには、三〇節《ノット》の速力のまま潜望鏡を上げて観測ができなければならない、と述べている（これは終戦直前になって可能になった。しかしその時には、もはや大型潜水艦は四隻、輸送潜水艦が七隻、回天が二基積める老齢潜水艦が八隻しか残っていなかった）。

このように考えてみると、海龍はさほどの戦果は上げられなかったのではなかろうか。むしろ本土決戦となると、軍民問わず膨大な犠牲者が出ていたはずであるし、またこの海龍搭乗員の中から、戦後、各界において日本の復興を中心となって担う人物が出てきていることを併《あわ》せ考えてみるならば、海龍は出撃しなくてよかったのだ、ということができるのではなかろうか。

横嵐会

終戦の翌年のことである。横須賀嵐部隊で終戦を迎えた、当時十六から十七歳の十四期甲飛予科練習生たちの間から、「戦友会」をやろうではないか、という声が上がった。そこで、池田分隊士を中心に、八月十五日、靖国神社に集合、参拝し、「横嵐会」と命名した。

それ以来、途中で物故者や入会者など入れ替わりはあったものの、平成二十年十月十八日に解散になるまで六十二年間、毎年靖国神社に参拝を続け、戦没者の慰霊、世界の恒久平和の祈念、会員の親睦に努めた。

そして後世にその足跡を永久に残すため、「海龍」の模型を靖国神社遊就館に奉納、また解散にあたって、みたま祭りに「海龍横嵐会」の献灯を行なった。

横嵐会。昭和49年頃、九段遊就館前。最前列左から３人目に吉川毅、４人目に久良知滋、右から４人目に池田明義、右端が久保田映治(歌手の久保田早紀の父)、２列目左から３人目(吉川と久良知の間)に貝塚英男、最後列左から４人目に國井久雄、６人目に信田充

平成18年、九段会館。最前列左から２人目に池田、４人目に久良知、２列目右端に久保田

第二部——特殊潜航艇海龍資料編

潜水艦・特殊潜航艇用語解説（本文中に＊印を付したもの。なお艦については最後にまとめてある）

横舵（おうだ）　潜航中、艦の前後の傾斜を調節する舵。艦尾にある。

回天（かいてん）　人間魚雷とも呼ばれる。人間が魚雷を操縦し、敵艦に体当たりする特攻兵器。一型・二型・四型・十型などのタイプがあったが、実際に使われたのは九三式酸素魚雷を用いた一型で、約四百二十基が製造された。

概略要目　一型　全長　一四・五m　直径　一・〇m　重量　八・〇t
速力　三〇kt以上　航続力　三〇kt―二三km、一二kt―七八km　頭部炸薬
一・五五t

浬・海里（かいり）　地球の緯度一分の長さで、一・八五二km。ノーティカルマイル nm とも言う。長距離移動をする艦船や航空機では、緯度が一度違うと六十浬ということになるので、地球規模での航法には使いやすい。船乗りはただ単にマイルと言うことが多く、そのためしばしば陸上マイル（一・六km）と混同される。なお浬は日

本語なので、本来カタカナで書くのはおかしい。
一時間に一浬進む速度がノット（節《ノット》／kt）である。したがって一節は時速一・八五二kmである。
ジュール・ベルヌの古典的ＳＦに「海底二万里」がある。この作品の原題は“Vingt Milles Lieues Sous Les Mers”である。“lieue”は四kmで「里」に相当する。またフランスはメートル法なので、これを「海底二万マイル」と訳すのは誤りである。なお、フランス語でも浬は“lieue marine”である。

艦政本部（かんせいほんぶ）　海軍内で艦艇や兵器の開発を担当する部門。第一部から第六部まであり、それぞれの担当は、砲熕《ほうこう》、水雷、電気、造船、造機、航海である。

気蓄器（きちくき）　高圧の圧搾空気を蓄えるボンベ。

給排気弁（きゅうはいきべん）　シュノーケルのこと。潜航中にディーゼルエンジンの運転に必要な空気を取り入れ、また排気ガスを吐出する管。一般の潜水艦の場合は、潜望鏡と同様に上げ下げ自由になっており、これが海上に出るようにして航行するが、海龍の場合は固定式であった。

金氏弁（きんしべん）　キングストン弁ともいう。艦底にあって、潜航・浮上の際に海水を出入り、またはせき止める弁。潜水艦の場合、この弁の開閉には五分くらいかかるので、戦闘中は急速潜航に備えて開放しておく。

軍隊符号（ぐんたいふごう）　部内のみで使用された略号や符号。本書に出てくるものは次の通りである。

A：航空母艦　B：戦艦　C：巡洋艦（CA：重巡　CL：軽巡）　d：駆逐艦　g：隊S：戦隊　T：輸送船（艦）　z：特攻

その他に代表的なものとしては、次のようなものがある。

GB：海軍総隊　GF：聯合艦隊　KdB：機動部隊　F：艦隊　f：航空　s：潜水

原速（力）（げんそく〈りょく〉）　海龍の場合は水上五・三kt、水中一〇・〇ktである。なお水中微速（微速一〇〇）は六・七kt、最微速（微速〇）は三・〇kt。

懸吊（けんちょう）　潜航中、推進器を回さず、一定の深度にとどまっていること。推進音がしないので、パッシブソナーでは感知できない。日本の潜水艦には、戦前から、これを自動で行なう装置があった。

散開線・散開面（さんかいせん・さんかいめん）　敵に対し距離をおいて広正面に潜水艦を排列すること。進撃・待敵・索敵・待避の四種類に区分される。進撃散開は、散開した後に敵に向かって進撃すること、待敵散開は散開した後その位置にとどまって敵の来るのを待つことで、単線をもって構成するものを線散開、複線をもって構成するものを面散開という。海龍の場合、主としてこれらのいずれかになる。索敵散開は、散開して索敵すること、待避散開は敵航空部隊や軽快部隊の攻撃を避けるために行なわれる。

縦舵（じゅうだ）　普通のふねと同様、進行方向を一定させたり変えたりする舵。当時の潜水艦は浮上航行することが多かったため、スクリュープロペラは船体の下部にあり、縦舵も下部にあったが、海龍の場合は今日の潜水艦と同様、スクリューが艇体の中心線上にあるため、縦舵は上部にもある。

震海（しんかい）　頭部に一・二tの炸薬を持ち、泊地に停泊中の敵艦船に吸盤か磁石で時限式の爆薬を取り付けてくる、一人乗りの豆潜水艦。一一・五t。十九年八月に完成したが、低速のため舵の効きが悪く、敵の艦艇の真下にぴたりと位置するのは困難とわかり、使用不能にされた。

この頃、英海軍もX艇と称する同じような艇を作った。「震海」の三倍もあり、三～四人乗り。速力は震海よりも遅かった。この艇は二〇年七月、シンガポール港に侵入し、重巡高尾を大破させた。

震洋（しんよう）　海軍が作った特別攻撃用のベニヤ板張りの小型モーターボート。昭和十九年八月二十八日兵器に採用。艇首に爆薬を装着し、敵艦船に体当りする。構造が簡単で大量に生産できたので、兵力が枯渇していた海軍にとっては、特殊潜航艇と共に本土決戦の有力な兵器であった。

概略要目　一型　全長　六・〇m　全幅　一・六m　吃水《きっすい》　〇・六m　重量　一・三五t　速力　一三kt　航続力　一〇kt—二五〇浬　装着爆薬　三〇〇kg　十二cm噴進砲一基

なお陸軍の特攻艇（秘匿名「連絡艇」㋹《まるれ》）もほぼ同じであるが、後部に爆薬が装着されていた。

潜舵（せんだ）　潜航中の艦を希望深度に保つための水平舵。海龍の場合、中央翼のフラップがこれに当たる。

大本営海軍部（だいほんえいかいぐんぶ）　戦時または事変に際し、必要に応じ天皇の大《たい》纛《とう》下に国軍最高の統帥部を置く。これを「大本営」という。大本営は日清・日露の戦争の時および昭和十二年十一月二十日以降の支那事変、これに引き続く大東亜戦争間に設置された（昭和二十年九月十三日廃止）。

大本営海軍部は平時の海軍軍令部が、同陸軍部は参謀本部がそのまま構成要素となる。よって実質的には同じものと考えてよい。

沈座（ちんざ）　潜水艦、特殊潜航艇などが海底に着底すること。動力の節約ができるほか、ソナーが海底に反射するので、水中にいるよりソナー捜索からも逃れやすい。作戦海面だけでなく、基地において空襲を避ける場合などにも用いられる。

ツリム「トリム」のこと。潜水艦ではこのように訛《なま》って発音する。「潤滑油」も「じゅんこつゆ」と言うが、一種の職業的方言である。

trim：船首と船尾の吃水の差。これで船体の前後の傾きを知る。

転輪羅針儀（てんりんらしんぎ）　ジャイロコンパスのこと。高速で回るコマ（転輪＝ジャイロ）が一定の方向を指す性質を用いた計器。電磁波の影響を受けず、南北が地球の自転軸の方向と一致する。通常の磁気コンパスと併用する。

特眼鏡（とくがんきょう）　特殊潜航艇や回天などで使用する小型の潜望鏡。鏡筒内にはレンズやプリズムがあり、倍率は一・五倍と六倍の二段切り替えになっていた。視界は一・五倍のとき四〇度、六倍の時は一〇度。

ビルジ　艦内のたまり水。潜水艦は水圧により継ぎ目などから必ず漏水する。水深二〇メートルくらいでぽとんぽとんという程度が、七〇メートルくらいになると小便くらいに勢いよくなり、一〇〇メートルになるとザーッと噴出するようになる。それを排出するのがビルジポンプ。

ブロー　気蓄器の圧搾空気をタンク内に送り、タンク内の水を艦外に押し出すこと。艦は浮上する。

ベント　空気抜きのこと。ベント弁のこともベントということがある。

ポンド　船や水上機を陸上へ上げたり、海上へ下ろしたりするためのスロープ。

邀撃（ようげき）　敵の来攻を待ち迎えて攻撃すること。戦前、日本海軍は、対米作戦において、進攻してくる米艦隊を邀撃する計画であった。そのため漸減《ぜんげん》作戦が考えられた。

陸軍輸送潜航艇㋴（りくぐんゆそうせんこうてい・まるゆ）　ガダルカナル戦の反省から、陸軍が島嶼部への輸送のため、「優先順位を航空機に次ぐ扱い」として建造した輸送専門の潜水艇。終戦までに三十九隻が完成していた（うち戦没五隻）。

概略要目　全長　四九・四m　水中排水量　三四六t　速力　水上九・六kt、水中四・四kt　水中航続時間　四kt—一時間、二kt—六時間　最大潜航深度一〇〇m備砲　四式三七粍舟艇砲一門（九五式軽戦車砲の改造。一式徹甲弾使用）

乗員　二五名（士官三、下士官兵二二）　貨物搭載能力　米だけなら二四t。

この潜水艇は、昭和四年に完成した、世界初の自走性と作業性を持った深海作業艇「西村式豆潜水艇」(当時としては画期的アイデアであるマジックハンドを備えていた)をモデルに建造された。そしてこの西村式が停止の姿勢からそのまま真下に潜航してゆく沈降型であったため、㋴も沈降型であった。

露頂・全没・浸洗(ろちょう・ぜんぼつ・しんせん)　潜航したまま潜望鏡や特眼鏡を水面に出すことを「露頂」といい、この時の深度を露頂深度または潜望鏡深度という。これに対し完全に艦を水中に沈めた状態を「全没」、艦体は水中にあるが司令塔を水上に露出した状態を「浸洗」という。ツリムが不安定な特殊潜航艇は、浅深度では浸洗状態になりやすかった。

【本文中に出てくる主要な艦】

戦艦長門(ながと)　三三、八〇〇屯。大正九年十一月二十五日竣工。

竣工した当時は世界最大、最高性能の超弩級戦艦。そのため翌十年五月一日、栃内曾次郎大将の時から昭和十七年二月十二日、山本五十六大将の時に大和に移るまで、十四代にわたって聯合艦隊の旗艦であった。

太平洋戦争が始まって後は、真珠湾作戦には旗艦、ミッドウェー作戦には本隊の三番艦として参加したが、実際に戦闘を行なうことはなかった。その後、大和など

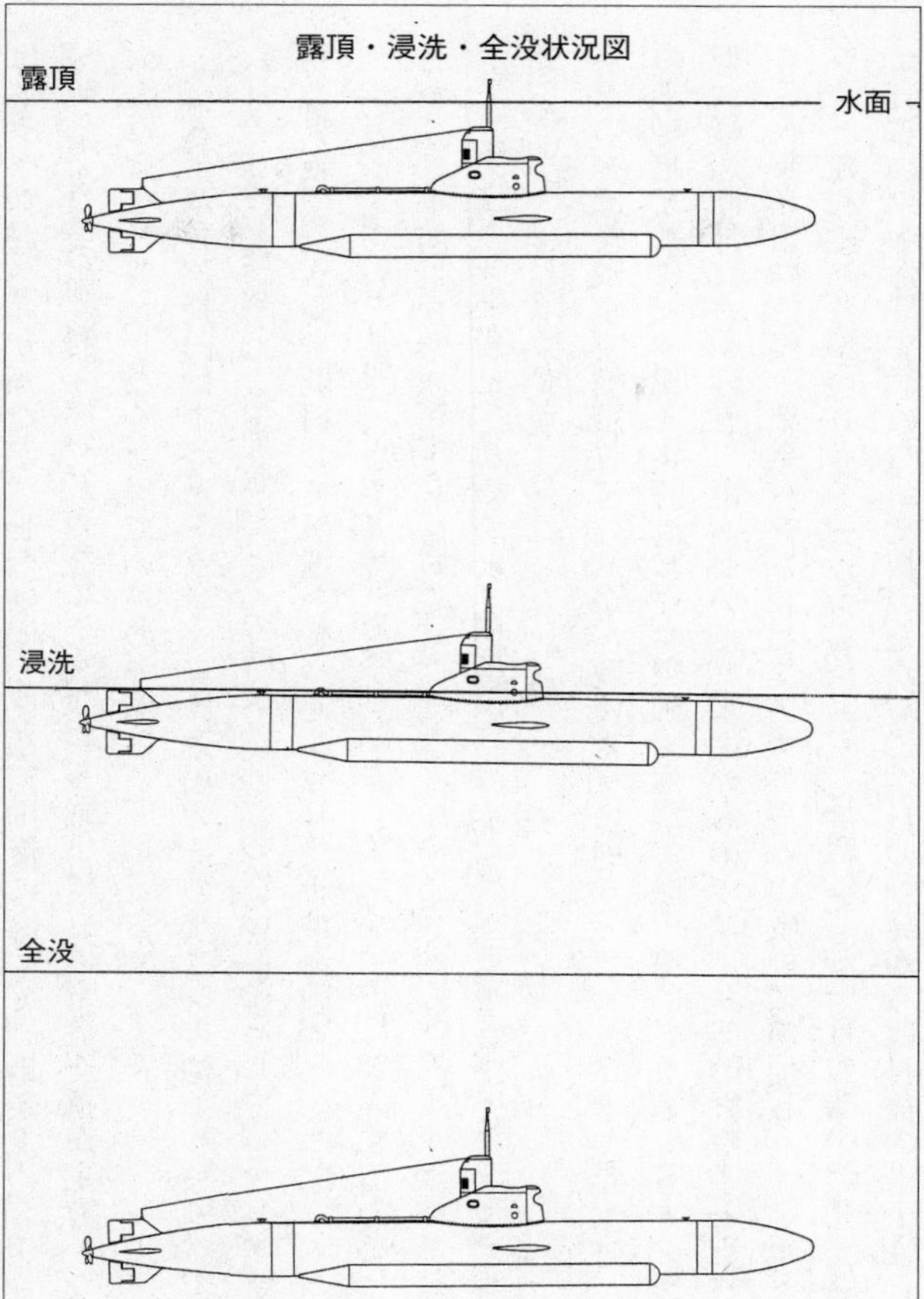
露頂・浸洗・全没状況図
露頂
水面
浸洗
全没

はトラック島へ向かったが、長門はずっと瀬戸内海にあって、書類上の「全作戦支援」、実質上の訓練艦扱いであった。すなわち戦争はもはや航空機が主力となり、大艦巨砲を必要としなくなっていたのである。

十八年八月、長門はやっとトラック島に進出、その後リンガ泊地へ移り、十九年六月、「あ号作戦」に参加した。この時は乙部隊の空母直衛として、マリアナ沖で初の実戦、三式弾を発射して敵機と戦った（マリアナ沖海戦）。

十月、「捷一号作戦」により第一遊撃部隊としてレイテ湾に突入するために出撃した。二十四日、空襲により直撃弾二発を受ける。翌朝、サマール島沖で敵空母（護衛空母）群を発見、初めて水上艦艇に向け実戦で主砲（徹甲弾）を発射した（フィリピン沖海戦）。

その後は終戦まで横須賀にいたが、戦後米軍に引き渡され、二十一年七月、多くの米艦艇と共にマーシャル諸島ビキニ環礁で原爆実験の標的となる（日本の艦では他に軽巡酒匂〈六、六五二屯〉がいた。米国のものでは、長門の好敵手とも言うべき元太平洋艦隊旗艦・戦艦ペンシルバニアや、多くの戦いに参加し「オールド・サラ」と親しまれた空母サラトガなどもいた）。長門は七月一日の空中爆発実験、二十五日の水中爆発実験にも耐え抜いたが、二度目の爆発から四日後の二十九日夜半、漏水のため静かに海底に没した。

戦艦山城（やましろ）　三〇、六〇〇屯。大正六年三月三十一日竣工。

日本の超弩級戦艦の第一号として建造された。

太平洋戦争開戦後は、やはり真珠湾作戦とミッドウェー作戦には本隊の一艦として加わったものの、艦齢すでに三十年を超え、速力も遅く、防御力も衰えていたため、その後は専《もっぱ》ら瀬戸内海で訓練用として使われていた。

昭和十九年十月、捷一号作戦により、西村祥治中将率いる西村艦隊の旗艦として、同型艦の戦艦扶桑（三〇、六〇〇屯）、重巡最上（八、五〇〇屯）、駆逐艦満潮、朝雲、山雲（いずれも一、九六一屯）、時雨（一、六八五屯）と共に、南からレイテ湾に突入し、港内に座り込んで十四吋《インチ》砲の全弾を打ち尽くして沈むために、出撃した。しかし二十五日〇三四〇、待ち伏せたホンデンドルフ中将率いる第七艦隊の戦艦六、重巡四、駆逐艦二六の大艦隊によって、魚雷を火薬庫付近に受け誘爆を起こして轟沈。扶桑以下の各艦もその直後に時雨を除き沈没した。

航空母艦信濃（しなの）　六二、〇〇〇屯。

一五年五月、「大和」型戦艦の三番艦として起工するが太平洋戦争開戦のため中止。しかし軍は、真珠湾で航空主兵主義の確信を固めたこと、その後のミッドウェー海戦で空母四隻を失い、その補充に迫られたこともあり、十七年八月、空母に改造することを決定、十九年十一月十九日に竣工《しゅんこう》した。

二十八日、呉へ回航するため、駆逐艦磯風、雪風、浜風（いずれも二、〇〇〇屯）の護衛を受けて横須賀を出港した。この時、特攻機桜花と特攻艇震洋は積んでいたが、航空機は松山で積む予定で、乗せていなかった。二十九日〇三一八、米潜水艦アーチャーフィッシュの雷撃を受け、四本が命中。艦はそのまま第三戦速で航行を続けたが、浸水は止まず、潮岬沖百浬に至った時ついに傾斜は五十度となり、一〇五五沈没した（33-07N, 137-04E）。一機の飛行機も飛ばすことなく、一発の弾を撃つこともなく、出航後わずか十七時間後のことであった。

海龍関係年表

年月日	海龍関係
昭和一八年 一〇・	学徒徴集延期令中止。
二一	明治神宮外苑の競技場にて学徒の出陣壮行会。
一二・一	陸軍、入営。
一〇	海軍、入営。二等水兵となる。
昭和一九年 二・	海軍予備学生となる（四期）。

年月日	大東亜戦争／海軍関係
一一・二四	マキン玉砕。
一一・二五	タワラ玉砕。
二・一〇〜	聯合艦隊主力、トラック諸島より撤退。

四・	大本営海軍部、特攻兵器の緊急実験を要請。
七・	術科学校入学。
八・	海龍の試作一号艇完成。

一七	トラック島大空襲。被害甚大。
二三	ブラウン環礁玉砕。
三・三〇	米機動部隊、パラオ、ヤップ島に来襲。被害甚大。
三一	古賀峯一聯合艦隊司令長官事故死。
六・一九〜二〇	マリアナ沖海戦。
七・二	サイパン玉砕。
一八	東条内閣総辞職。
二二	小磯国昭内閣成立。
八・二	テニアン玉砕。
一一	グアム玉砕。
一〇・一〇	那覇大空襲（那覇が消えた日）。
一九	アンガウル島（パラオ）玉砕。
二三〜二六	フィリピン沖海戦。

		二五	神風特別攻撃隊初出撃。
一二・	油壺に海龍の訓練所完成。	一一・一九	人間魚雷「回天」初出撃。
			空母「信濃」竣工。
		二四	マリアナ諸島を基地とするB29、東京を初空襲。
		二八	「信濃」、横須賀を出港。
一二・二五	四期予備学生、少尉任官。	二九	「信濃」、潮岬沖の熊野灘で撃沈される。
昭和二〇年		一・二七	コレヒドール玉砕。
三・	第一特攻戦隊（大林司令）編成。	三・三	米軍、マニラ占領。
		一〇	東京大空襲。
		一三	大阪大空襲。
		一七	硫黄島玉砕。
四・	海龍、量産に入る。	四・一	米軍、沖縄本島に上陸開始。
		七	戦艦大和、徳之島沖で撃沈される。
			鈴木貫太郎内閣成立。

五・一六～一八	横須賀鎮守府第一次特攻合同演習。
六・	海龍、油壺はじめ各地に展開を開始する。
七・一八	横須賀空襲。
八・一	大輸送船団接近の誤報。

五・二五	東京大空襲。皇居も炎上。東京は完全に焦土と化す。
六・二一	沖縄の日本軍全滅。
八・六	広島に原子爆弾投下される。
九	長崎に原子爆弾投下される。
一五	終戦の大詔渙発。

海龍主要諸元

		海龍	蛟龍	ハ201 ※1
全長（m）		17.280	26.150	53.00
全幅（m）		3.450	2.040	4.00
直径（m）		1.300	2.040	3.44
排水量	水上（ｔ）	19.283		376.00
	水中（ｔ）	19.500	59.682	440.00
速力	水上（kt）	7.5	8.0	10.0
	水中（kt）	10.0	16.0	15.0
馬力	内火（馬力）	100	150	400.0
	電動機（馬力）	100	500	1250.0
安全深度	魚雷あり（m）	100	100	100
	魚雷なし（m）	200	100	100
航続力	水上（kt－浬）	5－460	8－1000	10－3000
	水中（kt－浬）	3－ 36	2.5－ 125	2－ 100
乗員		2	5	22
魚雷		45cm×2 ※2 炸薬600kg	45cm×2	53cm×6
機銃		——	——	7.7mm×1
潜航秒時（秒）		8	60	15

※1　水中高速潜と呼ばれる。この潜水艦も有翼である。軍令部の発案により、艦政本部四部の片山造船少将が計画し、佐世保工廠で20年5月31日に竣工。実際に出撃することはなかったものの、終戦までに9艦（ハ201～205、207～210）が完成していた。

2　二式魚雷。雷速39kt、射程3,900 m、炸薬350kg。

水上・水中特攻兵器比較図

甲標的甲型（真珠湾攻撃型）

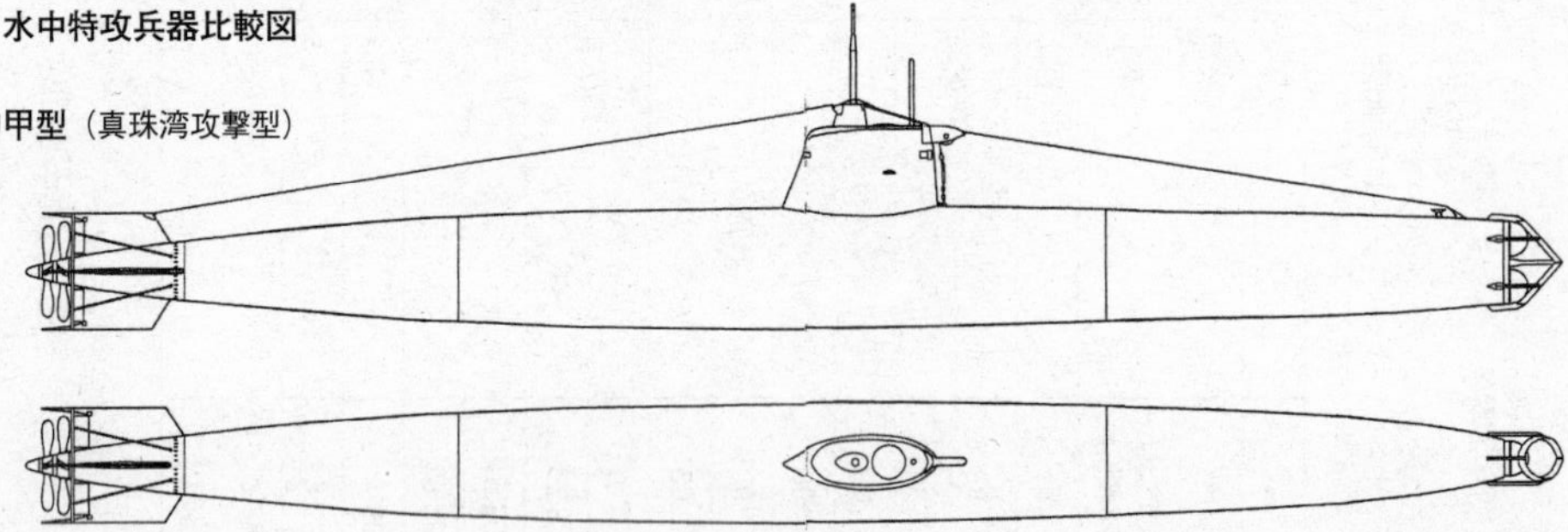

蛟龍

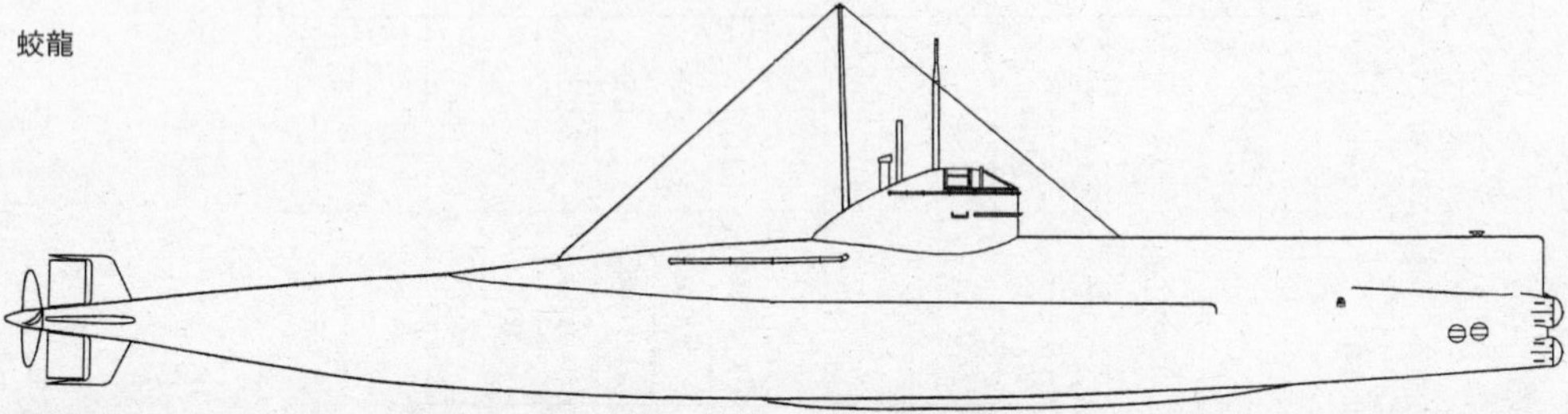

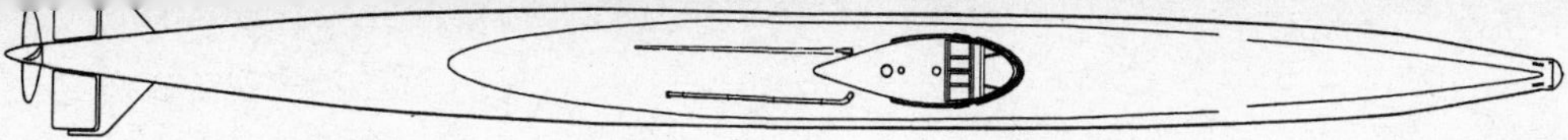

海龍

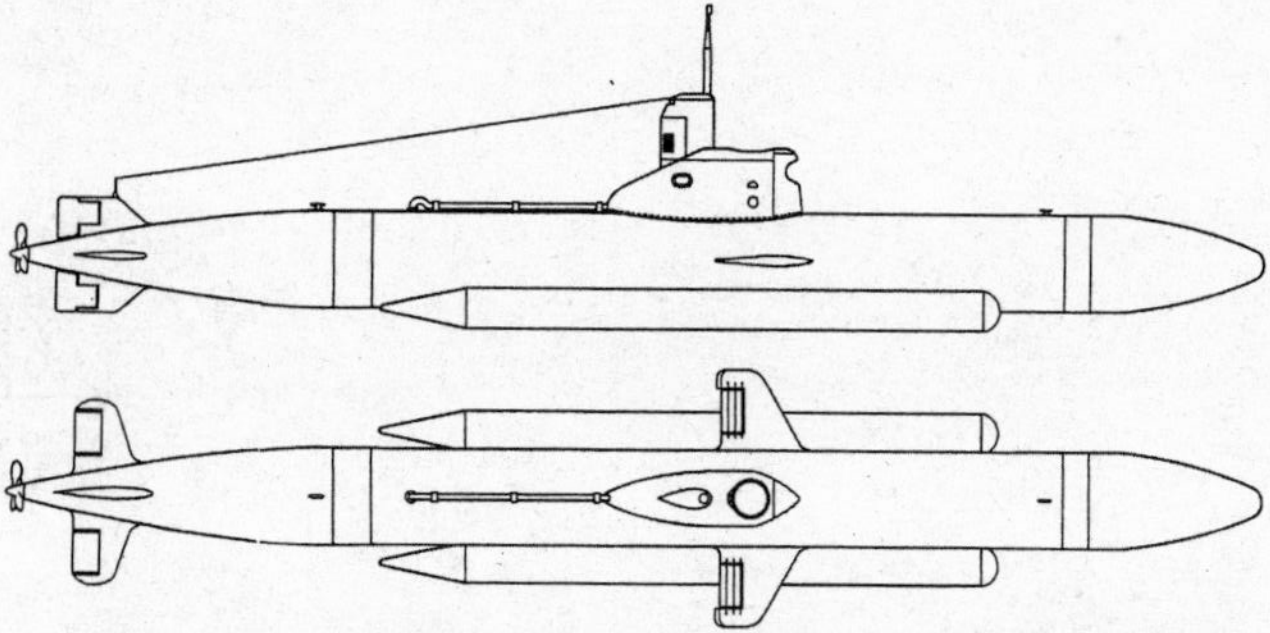

回天１型

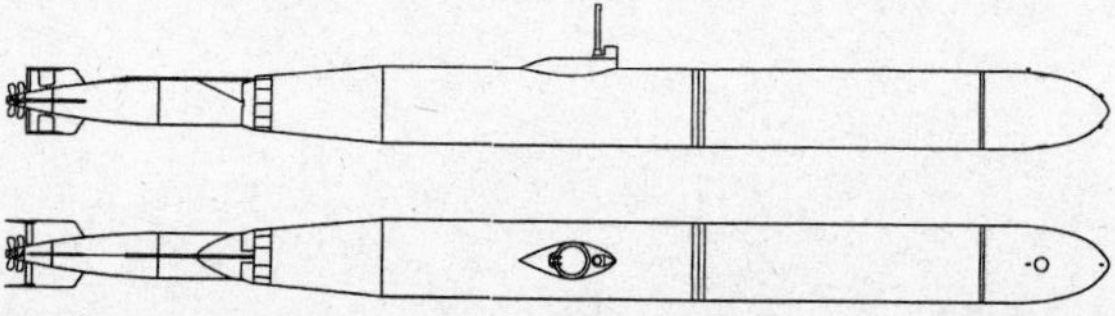

縮尺1：150

海龍操縦守則

目次

第五項　深深度潜航

第六項　急速潜航

第七項　沈坐法

第八項　離底

第五節　航走準備復旧

第六節　碇泊充電

操縦参考

第一章　操縦通則

8 「ツリム」ハ、直チニ航走状態ニ影響スルノミナラズ、僅カノ誤算ガ航ノ良否ヲ決スルコトアル可キヲモッテ、算定調整ニハ深甚ナル注意ヲ要ス。

9 「ビルジ」ハ、安定航走ニ影響スルコト大、且艇ノ寿命保安ニモ影響スルヲモッテ、常ニコレガ皆無ヲ期スベシ。

10 水上航走中ハ、電流計、電圧計、転輪指度、温度、前後傾斜計、「エンジン」ノ音及冷却水、燃料、潤滑油ソノ他ノ諸計器ニ留意スルヲ要ス。

11　水中航走中ハ、電流、電圧計、回転計、転輪指度、深度計、前後傾斜計、各種圧力計ソノ他ノ諸計器ニ留意スルヲ要ス。

12　潜航中、給排気弁、冷却水出入弁ヲ閉鎖シ、エンジン、クラッチヲ切リ置クヲ要ス。尚、低圧タンクベント弁*、金氏弁*及高圧タンクベント弁ハ、閉鎖シ置クヲ建前トス。但シ、漏気ノタメ、タンクノ一部ヲ排水シ、ツリムヲ変化セシムルコトアル場合ハ、時々コレヲ開キ、逃気セシムルコトアリ。

13　航走前ハ、全充電、全装気及燃料、潤滑油ノ満載ヲ建前トシ、操縦中モ努メテコレガ消費節約ヲ計リ、モッテ、航続力ノ延伸ヲ図ルヲ要ス。

第二章　号令、操作並ニ注意事項

第一節　航走準備並ニ航走

14　航走準備ヲナサントスルトキハ、左ノ号令ヲ下スベシ。

「航走準備」

1）艇長ノナスベキ事項

(1) 全般ノ監督

(2) 給排気弁ノ作動ヲ検シ、後閉鎖ス。

(3) 特眼鏡ノ昇降動作ヲ検シ（手動ヲ含ム）確ム。照準角度ノ誤差ヲ検ス。

(4) エンジンクラッチ、スクリュークラッチ、冷却水弁ノ作動ヲ検シ、エンジンクラッチヲ切リ、スクリュークラッチヲ入レ、冷却水弁ヲ閉ノ位置トス。

(5) エンジン冷却水検水コックヲ開キ、冷却水ノ満水セルヲ確ム。

(6) エンジン潤滑油量ヲ確ム。

(7) 海水分離器ノドレンヲ抜キ、海水ノ侵入シ居ラザルヤヲ検ス。

(8) 集合タンクノ油量ヲ確ム。

(9) ツリムポンプノ作動ヲ検ス。

(10) 噴射時期調整レバーヲ調整ス。

(11) 燃料ハンドルヲ零ノ位置トス。

(12) 高圧タンクブロー弁、ベント弁、低圧タンクブロー弁、ベント弁金氏弁ノ閉鎖ヲ確ム。

(13) 射出レバー、射出筒緊止位置ヲ確ム。

2) 艇附ノナスベキ事項

(1) ハッチノ閉鎖ヲ確ム。
「ハッチ良シ」
(2) 装気圧力（高低圧共ニ）ヲ検シ、元弁ヲ開キ、
「高圧良シ、高圧　kg／㎠、低圧良シ、低圧　kg／㎠」
(3) 深度計コックノ開放及示度ノ異常ヲ確ム。
(4) 電源接断器ノ接、起動接断器ノ断トナリ居ルヲ確メ、前後半群接断器ヲ前
(後) 半群ニ入レ、界磁接断器ヲ接トス。
「主電路良シ」
(備考) 界磁調整器ヲ断又ハ接トスルトキハ、界磁調整器ヲ100トセル後行ヒ、
後0トスベシ。
(5) 潜望鏡管制接断器ヲ接、ビルジポンプノ作動ヲ検ス。
「電路良シ」
(6) 転輪羅針儀ノ作動状況ヲ確メ、温度ヲ読ム。
「転輪羅針儀良シ、方位何度、温度何度」
(7) 諸計器ノ作動状況
「計器良シ。傾斜角何度、電圧何ボルト」

(8)　縦横舵*フラップノ作動

「操縦舵装置良シ」

(9)　右作業終了セバ、

「航走準備良シ」

第二節　速力　発停　増減速　水上航走

15　停止ヨリ水上モーター航走ヲ起サントスル時ハ、艇長次ノ号令ヲ下ス。

「前進（後進）用意」「前（後）進最微速」

艇付ハ、起動接断機ノ1段ヲ前（後）進ニ入レ、続イテ2段ヲ接トシテ、界磁調整器ヲ所用ノ目盛ニ調整ス。

16　モータ航走中、停止セントスルトキ、

艇長「停止」

艇付ハ起動接断機ヲ断トシ、界磁調整器ヲ零ノ位置トス。

（備考）停止長時間ニ亘ルトキハ、界磁調整器ヲ断ニスルヲ要ス。

17　モーター航走中増減速ヲ行ハントスルトキニハ、

艇長「最微速、微速100、半速、原速*」

艇付ハ、

①　最微速─微速100間ノ増減ヲ行ハンニハ、界磁調整器ヲ所用目盛トス。

②　半速─原速間ノ増減速　前ニ同ジ

③　微速─半速（原速）ニ増速スルトキ

微速100ノ惰力トナリタルトキ、界磁調整器ヲ零トセル後、全半群接断機ノ下ニ接トナリタル接片ヲ断トシ、直チニ全群ニ切換ヘ、界磁調整器ヲ所用目盛ニ調整ス。

（備考）コノ際、起動接断機ヲ断ニスル必要ナシ。

④　半速（原速）ヨリ最微速（微速0微速100）ニ減速セントスルトキハ

艇長「停止　最微速用意　最微速（微速100）ヲ令シ、

艇付ハ、起動接断機ヲ断トシ、界磁調整器ヲ0トシ、全半群接断機ヲ前（後）半群ニ切換ヘタル後、「微速用意良シ」ト報ジ、第15ニ準ジ所用ノ速度トナス。

（備考）コノ際、前進ノ行キ脚アルトキハ、接断機ノ二段ヲ操作スル必要ナシ。

18　エンジン水上航走ヲ行ハントスルトキ、

艇長　①　エンジン航走ノ場合
「エンジン航走用意　エンジン起動　モーター停止　回転数　何」
②　航走充電ノ場合
「航走充電用意　エンジン起動　回転数　何　充電電流何A」
③　特殊航走ノ場合
「特殊航走用意　エンジン起動　回転数　何」

各員ノ行フ操作
①　①項ノ場合、吸排気弁及冷却水出口弁ヲ開放シ、エンジンクラッチヲ入レ、エンジンヲ誘転セシメ、噴射時期調整レバーノ調整シアルヲ確メタル後、燃料ハンドルニヨリ、エンジンヲ回転セシム、後、モーターヲ停止シ、燃料ハンドルニヨリ所用回転数ニ調整ス。
（備考）エンジン航走中モーターヲ停止スルニハ、充放電電流ゼロトシタル後、起動接断器1段ヲ断トシ、他全部ヲ断トス。
尚コノトキ界磁接断器ヲ断トセザルトキハ、界磁調整器ヲ抵抗最大ノ位置ニ置クヲ要ス。
②　前項ニ準ジ、エンジンヲ起動セル後、燃料ハンドル及界磁調整器ニヨリ、

所用ノ回転数及放電電流ヲ調整ス。

(備考)(1) エンジン起動後、艇付ハ、必ズ潤滑油圧力何kgト報告スベシ。

(2) エンジンヲ起動セバ、必ズ冷却水ノ満水、燃料・集合タンク油量ヲ確ムベシ。又長時間運転スルトキハ、時々上記事項ニ注意スルヲ要ス。

(3) エンジンハ、モーター航走中、回転数「　」《ママ》ノ間ニオイテ起動スベシ。

19 エンジン水上航走ヨリ停止セントスルトキ

艇長「エンジン停止」

艇付「燃料ハンドル」ヲ零トシ、エンジンクラッチヲ切リ、エンジンヲ停止セシメタル後、給排気弁及冷却水出入口弁ヲ閉ザス。

20 電池ノ使用ハ、前後群均一ナラシムベシ。放電時間電流ヲ適当ナラシム。

21 本艇ノ電池容量ハ、比較的小ナルヲモッテ極力充電ニ努メ、エンジン航走ヲ施行スルヲ要ス。

22 航走中、艇長トシテ最小限度知悉シ置クベキ事項

① 艦位　針路　速力(回転数)　② 四囲ノ状況　③ 前後傾斜　深度　④ 電

池ノ現容量及充放電電流量　⑤　使用燃料タンク　燃料現在量及毎時燃料消費量（燃料比重）⑥　潤滑油現在量及毎時潤滑油使用量　潤滑油圧力　⑦　ツリム（RB前後傾斜）⑧　低圧タンク現在量　⑨　高圧空気圧力　低圧空気圧力　⑩　舷外諸孔ノ開閉　⑪　発射管発射装置ノ現況　⑫　羅針儀誤差及作動状況　⑬　潜望鏡照準誤差　⑭　ツリム　タンク現在量　⑮　故障ヶ所及ソノ状況　⑯　ソノ他

23　研究心

些細事項ト雖モ、ソノ原因探求、反動動作。

艇保安ノ第一義ハ、常ニ艇内外事象ニ関シ細心ナル注意ヲ集中シ、大胆ナル実施ト相　俟チテ、事故ヲ未然ニ防止スルニアリ。

第三節

24　各タンク注排水　移水法

25　高圧タンク注水　「高圧ベント開ケ」

26　低圧タンクニ注水

「前（中　後）部低圧ベント　金氏弁開ケ」

「低圧金氏弁開ケ」

「低圧ベント弁開ケ」

27　高圧タンク排水

「高圧ベント閉メ」「高圧ブロー*」「ブロー止メ」

28　低圧タンク排水

「前（中　後）部低圧金氏弁開ケ、前（中　後）部低圧ベント閉メ」「低圧金氏弁開ケ」「低圧ブロー」「ブロー止メ」「金氏弁閉メ」

29　高圧タンク　低圧タンク　注排水時注意

①タンク排水時　空気圧力低下量及空気音ニヨリ、排水終了時期ヲ察知、空気消費量ニ付キ、深甚ナル注意ヲ要ス。

②高圧気蓄器装気圧力30kg／㎠以下ナルトキハ、一般ニ潜航セザルヲ可トス。

③タンク注水後ハ、数回艇ニ傾斜ヲカケ、タンク内ノ空気ヲ排除シ、完全注水ニ努ムベシ。

④ベントハ、潜航後、ナルベク速ナル時期ニ閉ザスヲ要ス。

⑤金氏弁ハ、潜航中開放ヲ建前トシ、半量注水時ハ閉鎖スルヲ建前トス。

⑥浮上後、ハッチヲ開ク場合及係溜スル場合ハ、各タンクベント、金氏弁ハ、完全ニ閉鎖スルヲ要ス。

⑦　艇ヲ揚収スル場合ハ、各ベント、金氏弁ヲ啓開シ、タンク内ノ残水ヲ排除スベシ。

30　釣合タンクノ移水

「釣合前（後）部へ　何分移水」

釣合ポンプヲ作動セシメ移水ス。尚、コノ際、釣合ポンプ前後ノ弁ノ開放ヲ確ムルヲ要ス。

（備考）艇長ハ、常ニ釣合タンク（前後）ノ水量ヲ記憶シ置クヲ要ス。

31　ビルジポンプノ排水

「ビルジ排水用意」ニテ、所用ノコックヲ開放シ、

「ビルジ排水用意良シ」ト報ズ。

「排水始メ」ニテ、ビルジポンプヲ始動シ、排水終了セバ、

「排水用意元へ」ノ令ニヨリ、諸コックヲ旧ニ復ス。

32　注排水、移水ニオイテ、弁ノ開放、閉鎖ハ、最モ迅速確実ナルヲ要ス。又、注排水、移水ニ当リテハ、不要諸弁ノ閉鎖ヲ確ムルヲ要ス。

33　注排水時ハ、艇ノ深度ヲ考慮シ、タンクニ規定以上ノ圧力ヲ掛ケザルコト。

34　高圧タンク、低圧タンクニ注排水時ハ、タンク中心位置ハ、船体浮力中心位置ヨ

リモ後方ナルヲモッテ、前後傾斜アリ。該量ヲ見越シ、釣合タンクニテ修正スルヲ要ス。

(備考) 本艇ハ、主機械水上航走中ト雖モ必ズシモタンクブローノ要ナシ。但シ、タンクニ注水シ、水上航走ヲ行フ際ハ、給排気筒ヨリノ浸水ニ対シ、常ニ迅速ナル処置ノ出来得ル如ク腹案ヲ有スルヲ要ス。

第四節　潜航

35　一　潜入

36　潜水セントセバ、タンク注入後、左ノ号令ヲナス。
「潜航スル」「潜入　深サ五（速力微速100以下適宜）」
艇附　フラップ　ヲ　ダウン一杯トシ、横舵ヲ操作シ、深サ5mニ潜航

37　潜入時、特令ナケレバ、艇附ノ操作シ得ル前後傾斜5度以内トス。

38　潜入時ノ注意
①潜入時、左ノ号令ニヨリ深度計ヲ検スベシ。
「深度計ヲ検ス　用意打テ」　艇附　復唱シ、該深度ヲ報ズ。
「深サ何」

艇長ハ、ソノ日ノ露頂深度ヲ令スベシ。

②　潜入ノ際、一応深度計　給排気弁　冷却水弁ノ閉鎖ヲ確ムルヲ要ス。
「露頂　深度何」

③　潜入後、艇ノ保安ニ関シ不安アレバ、速ニ浮上スルヲ要ス。

二　深度変更　深度保持

39　深度変換ヲ行ハントセバ、
「深度　何」

艇附ハ、前後傾斜計　深度計ニヨリ、横舵　フラップヲ操作、深度ヲ変換ス。

40　潜入後、状況ノ許ス限リ、速カナル時期ニ最微速（微速0）潜航、深度ヲ変換ス。

41　潜航後、艇附ノ操作シ得ル前後傾斜範囲ハ、該速力ニオイテ、フラップ中央ノ位置ニテ一定深度ヲ保持シ得ル船体前後傾斜（＋）（－）°5以内トス。但シ、対敵顧慮上或ハ大ナル深度変換ヲ行フ場合ハ、

艇長「深サ何　急ゲ」ト令シ、前後傾斜dw15以内ニオイテ、成ル可ク速ク深度変換ヲ行フベシ。

42　深度変換秒時ハ、常ニ記憶シ置キ、航法上或ハ露頂ソノ他参考ニ資スベシ。

43　保深法ハ、一般ニ、保針ト重ナルヲモッテ充分研究スベシ。一般ニ低速ニテハ、横舵ニテ概略保針シ得ル船体前後傾斜ヲ速カニ発見シ、小ナル修正ハ、フラップニヨルヲ良トス。

44　深度ヲ変換スル際ハ、艇位ヲ確認シ、一般ニ、水深最小限度10mヲ存スルヲ要ス。但シ、戦闘上要求アル場合ハ、コノ限リニアラズ。

三　露頂法

45　露頂セントスルトキ、

①　微速ノ場合、

「露頂深度」ト令シ、

艇附ハ、フラップヲ上舵トシ、ツリムニヨリ異ナルモ、深度計前後傾斜計ソノ他ニ注意シ、8～6mニテ、「最微速」ト令セル後、潜望鏡ヲ1～3上昇セシメ、接眼鏡ヲ拭ヒ、無倍トシ、所用照準角ヲ調定セル後、最微速行キ脚トナラバ、機ヲ失セズ露頂スルモノトス。

②　半速　原速ノ場合

「停止　露頂深度」「最微速用意」「最微速」ト令スル他、前項ニ準ズ。コノ場合、停止後直チニ艇ニ、upヲ掛ケレバ、水面ニ跳出スル懼アリ。深サ15m以上ノ場合、一旦「深サ10」トナシ、後、露頂ヲ行フヲ可トス。

46　隠密露頂法ハ、操縦方法ノ最モ重要ナル部門ヲモッテ、艇長ハ、反復訓練ヲ重ネ、隠密、迅速ニ露頂シ得ル好域ニ達スルヲ要ス。

47　露頂法ハ、ツリム、船体ノ状況、海面ノ状況等ニヨリ、千変万化スルモノナルヲモッテ、艇長ハ、如何ナル場合ニモ即応シ得ル如ク術力ノ練成ニ努ムルヲ要ス。

48　隠密露頂時ノ注意事項

①　露頂時ニ波切小ナルコト。

②　露頂高適切ナルコト。

③　露頂秒時ノ短縮。

④　露頂時ハ、針路ノ振レヲ確メ、露頂中ハ特ニ保針ニ注意セシムルコト。

⑤　露頂ヲ失敗セルトキハ、思ヒ切ッテ処置スルヲ可トス。

⑥　観測終了セバ潜望鏡ヲ下シタル後、増速スベシ。

⑦　本艇ハ、潜望鏡頂ヨリ給排気筒間ノ距離小ナルタメ、露頂失敗セバ、機ヲ失セズ潜入、更メテ露頂スルヲ可トス。

四　浮上法

49 浮上セントセバ、先ズ、四囲ノ異状ナキヲ確メタル後、「浮上スル」「浮キ上レ」

艇附ハ、フラップ横舵ヲ、up一杯トシ、浮上セバ、「浮キ上リ」ト報ズ。

50 浮上後、タンクヲ排水スル場合ハ、高圧タンク、低圧タンクノ順ニ排水ス。

51 原速ノ儘、浮上スルヲ得ズ。

五　深深度潜航

52 「深深度潜航用意」「深サ何」（用意良シノ後ニ令ス）

① 深度計コックヲ閉鎖ス。

② 低圧タンクベント弁、金氏弁ヲ閉鎖ス。

③ 冷却水、ビルジ出口弁ノ閉鎖ヲ確ム。

右終了セバ、艇附ハ、「用意良シ」ト報ズ。

艇長ハ、「深サ何」ト令シ、他ハ、深度変換ニ同ジク操作ス。

53 深深度潜航中ハ、漏水ヶ所ニ注意シ、就中、エンジン冷却水安全弁、潤滑油圧力ニ注意スルヲ要ス。

54　深サ20m以上ヲ深深度ト称ス。

六　急速潜航

55　急速潜航ヲ行ハントスルトキ、「潜航急ゲ」（又ハパイプ長一声）「深サ　何」

各員作業

①　主機械水上航走中ヨリ行フ場合

艇長ハ、エンジンクラッチヲ切リ、冷却水弁、給排気弁ヲ閉ジ（タンクブロー中ナレバ、ベント弁、金氏弁ヲ開放ス）「給排気弁閉鎖」ト通報ス。

艇附ハ、燃料ハンドルヲ0、速力ヲ微速100トシ、フラップ横舵ヲ使用シ、深サ5mマデハdw。5以内、後、適宜ノ傾斜ニテ、所用深度ニ就ク。コノ際、深度5m以上ニオイテ、半速以上ヲ使用スレバ、潜入秒時速カナリ。

56　急速潜航ヨリ、引キ続キ深深度潜航ニ移ルトキ、「深深度潜航用意」ヲ令セズシテ、「浅深度計コック閉メ」「低圧ベント金氏弁閉メ」等特令ヲ要ス。

57　急速潜航ハ、水中航続力小ナル本艇ニテハ、戦ニオイテ実施スル機会極メテ大、且ツ未検討ナルヲモッテ、艇長ハ、出撃前安全且迅速ナル方法ヲ研究スルヲ要ス。

七　沈坐法

58　停止中ヨリ沈坐

「沈坐スル」「沈坐用意」「各タンクベント　金氏弁開ケ」

閉ス。

各員操作

給排気弁、冷却水弁、ビルジ出口弁、使用セザル低圧タンクノベント、金氏弁ヲ閉ス。

（水深25m以上ナラバ、浅深度計コックヲ閉ス）

艇附ハ、「沈坐用意良シ」ト報ズ。

艇長ハ、各タンクベント金氏弁ヲ開キ、注水、沈坐

艇附ハ、「着底深サ　何」ト報ズ。特令ニヨリ各ベント金氏弁ハ、閉鎖スベシ。

（備考）

①　予メ適当ナル静止ツリム（負浮量前後水平付近）ヲ作成シ置キ、沈坐中ノ

前後傾斜ハ、ツリム水移動ニヨリ修正スベシ。

②　予メツリム作成ノ暇ナキトキハ、低圧タンクニテ適宜注水シ、釣合ヲ移動シテ沈坐

③　ビルジハ極力排水

59　航走中ヨリ沈坐

「沈坐スル」「沈坐用意」ノ令ニテ、航走中低圧タンク、釣合タンクヲ使用シ、適宜ナルツリムヲ作成ス。他操作ハ、前記ニ同ジ。

「沈坐良シ」ト報ゼバ、深度ヲ深クシツツ、速力ヲ減ジ、予想水深10ｍ前ニテ「最微速」、５ｍ前「停止」、前後水平ノ儘、浮量及行キ脚ニヨリ、横舵　フラップノ操作ニヨリ着底、他ハ前記ニ同ジ。

61　離底

「離底スル」「離底用意」　各タンク金氏弁ヲ開放シ、(但シ使用セザル低圧タンクハ、コノ限リニアラズ) ベント閉鎖ヲ確ム。

62　離底法

①　低圧タンクヲ排水スル法

②　前後進ヲ使用スル法

③　高圧タンクノ排水
④　射出筒発射ニヨル法（応急法）

63　沈坐海面
可及的
①　海底平坦ニシテ、底質岩礁ナラザル砂ヲ可トス。
②　可成、低圧タンク排水ニヨリ離底可能水深
③　潮流小

64　射出筒ニ対スル顧慮、（艇底）又レール式ナルトキハ、強度ニ対スル顧慮ヲ要ス。
故ニ、沈坐着底速力遅キヲ可トス。

65　（敵地）海図上水深誤差多キヲモッテ、速力、船体前後傾斜角ヲ加減スルヲ要ス。

66　推進器、縦舵、射出筒前後ノ接合部アルヲモッテ、可及的船体前後傾斜角ハ、小ナルヲ要ス。

67　潮流ニ流サルルヲ防止スルコト。負浮量増減バラスト前後移動

68　気泡、汚水、油等ヲ浮出セシメザルコト。

69　電池節約（不要電灯　補機停止）ト共ニ、高圧基弁ヲ閉鎖シ、艇内気圧上昇ヲ防ギ、空気ノ節約ニ努ムベシ。

70　炭酸ガス、水素ガス量ニ注意シ、酸素放出装置、炭酸ガス吸収装置ノ適切使用

71　離底ノ行キ脚極力小ヲ可。離底後、露頂ニハ、露頂時注意ヲ守リ、跳出セザルコト。

72　離底時ノ排水ハ、少量宛、出来得レバ機械ヲ併用等、極力空気排出量ヲ少ナラシメ、ベント開放ノ際、多量ノ気泡ヲ水面ニ浮出セシメザルコト。

73　離底時、大ナル俯仰角ヲ掛ケザル如ク、空気排水前、釣合タンクニテ修正シ置クヲ要ス。

第五節　航走準備復旧

74　航走準備復旧セントスルトキ

「航走準備元へ」

各員操作

① 艇長

a　全般監督

b　潜望鏡管制装置接断器　電源接断器ヲ断

c　給排気筒閉、冷却水クラッチ閉。スクリュークラッチ、エンジンクラッチノ縁ヲ切ル。
d　各タンクベント、金氏弁ノ閉
e　ツリムパイプ、ビルジパイプ各ベント閉
f　燃料関係諸コック閉
g　低圧気蓄器元弁ヲ閉
h　艇内状況ノ確認（故障ソノ他ニ就キ）

②　艇附
a　電源接断器　羅針儀諸接断器ヲ除ク全部ノ接断器ヲ断
「主電路良シ　補助電路良シ」
b　高圧気蓄器基弁ヲ閉
「基弁閉弁ヲ閉鎖　残圧……、」
c　縦横舵　フラップヲ中央ニ緊止ス。
「操縦操作良シ」
d　深度計（浅深度）コックヲ閉鎖ス。
e　羅針儀ノ作動状況ヲ確メ、艦首方位、温度ヲ読ム。

「羅針儀良シ　艦首方位何度　温度何度」

右終了セバ、

「航走準備元へ　良シ」

75　電源接断器及羅針儀接断器ハ、特令ニヨリ断トス。

（備考）羅針儀Coノ接断器ヲ断トスルトキハ、先ズ主Coノ接断器ヲ断トシ、5分以上経過後、起動接断器ヲ断トスルヲ要ス。

シカラザレバ、羅針儀温度上昇シ、羅針儀球ノピッチ溶解スルコトアルべシ。

76　揚収時

水ヲ切タル後、高圧ベント金氏弁ヲ開放スル。但シ、ツリム修正用ニ使用セル低圧タンクハ、ソノ限リニアラズ。

第六節　碇泊充電

77　碇泊充電時

「碇泊充電用意」「前（後）半群（全群）ニ充電スル」「電動機起動」「エンジン起動」「充放電電流　何アンペア」

①　艇長

a　潤滑油及海水ノ浸入シオラザルヲ検ス。

b　燃料ノ集合タンクノ現在量ヲ調べル。

c　冷却水弁ヲ開放シ、冷却水ヲ満水ス。

d　モーターヲ起動シ、給排気弁ヲ開放シ、エンジンクラッチヲ入レル。

e　噴射時期調整レバーノ調整シアルヲ確メタル後、燃料ハンドルヲ入レル。

②　艇附

a　電源接断器ノ接トナリタルヲ確メ、後全半群接断器ヲ前（後）群ニ入レ、モーターヲ起動ス。

b　エンジン起動後、界磁調整器ト燃料ハンドルニテ、所用充電電流量ヲ調整シ、潤滑油量ヲ読ミ取ル。

78　全群ニ充電スルニハ、モーターヲ微速100トシ、充電電流ヲ零トセル後、全半群接断器ノ下側ノ接断器ヲ断トシ、界磁調整器ヲ適当ナル位置マデ戻ス。全半群接断器ヲ全群トシ、所用ノ界磁電流、充電電流量ヲ決定ス。

操縦参考

1　海潮流ノ影響等、常ニ念頭ニオクベシ。

2　潜望鏡操法　分割目盛ニヨルコトナキ態勢（観測）

3　羅針儀モーター、エンジンノ調子ニ常ニ注意シ、故障早期発見ニ努ムベシ。

4　エンジンシリンダー内ニ排気弁ヨリ海水浸入セル懼アルトキノ処置

a　海水分離器ノコックヲ開キ、海水ヲ艇内ニ落シタル後閉ザス。

b　潤滑油溜ニ海水浸入シオラザルヲ検ス。

c　減圧把手ヲ、減圧ノ方ニ取ル。

d　モーターヲ「スロー」ニ回転セシメ、エンジンクラッチニヨリ5回位スリップセシメタル後、エンジンクラッチヲ切リ、「減圧」ノ把手ヲ圧縮ノ方ニ取ル。

e　次ハ、最初「ロー」ニテエンジンヲ回転セシメタル後、燃料ヲ入レ、「エンジン起動」

（備考）減圧ノ把手ヲ非減圧トセバ、カムノ装置ニヨリシリンダーノ排気弁ヲ常時開放ス。

5　転輪儀ノ温度極昇ノトキ、転輪球ノ接断器ヲ断トシ、冷却管ノコックヲ全開ス。温度僅少ノトキハ、冷却管コックノ開度ヲ僅カニ開ク。

6　モーターハ、湿気ヲ嫌フ。モーターニ水、油ヲカケザルコト。ビルジハ、極力排水シ、漏水ヶ所ノ絶無ヲ期スベシ。

水上航走中ノ注意事項

1　艇ニupヲ保シタdwノ傾向アルトキハ、速力ヲ落トシ或ハ艇ヲupツリムタラシムル等処置スルヲ要ス。特ニ、高速時コレガタメ水上航走中ハ、横舵フラップハ上舵(舵角ノ緊止ハ艇長ノ特令)。

2　艇長ハ、波高、風向、風速ヲ顧慮シ、エンジン起動ヲ行フベシ。追波ノトキハ、頭部突込ム傾向アルノミナラズ、給排気筒ヨリ浸水ノ懼アルヲモッテ、極力コレヲ避クルヲ要ス。

3　水上航走中、給排気筒ヨリ浸水セル場合ノ処置ハ、迅速ナルヲ要ス。コレガタメ、高圧タンク注水セルトキハ、停止セザルヲ可トス。止ムヲ得ズ停止スルトキハ、給排気筒ヲ直チニ閉鎖スベシ。

4　水上航走中ハ、潜航時使用ノ低圧タンク金氏弁ハ、開放ヲ建前トス。故ニ、各タンクベントノ閉鎖ハ、確実ナルヲ要ス。

これは、本文中にも登場した久良知滋大尉が、昭和十九年十月頃に搭乗員養成のために書いたテキストである。昼間の訓練が終わった後、ほとんど徹夜して二週間くらいで書き上げた。その後、艦政本部に提出され完成したが、ほぼ原案のままである。

底本としたのは防衛省戦史資料室蔵のものだが、これは当時の搭乗員が保存していたものを、戦後久良知氏が貰い受けて、ワープロ打ちしたものである。なお底本の1～7、60は欠落している。

このほかに整備員用の「海龍に関する教本」というのもあったが、こちらは同大尉が書いたものを艦政本部で加除訂正を行なったものである。

水上・水中特攻兵力の編成（20年7月末）

大湊警備府
第五十一突撃隊　未配備
横須賀鎮守府
第七特攻戦隊　海龍180　回天36　震洋775
第十四突撃隊（野々浜）　海龍36　回天6　震洋300
第十二突撃隊（勝浦）　第九海龍隊12　震洋25
第十七突撃隊（小名浜）　第十二海龍隊12　震洋50
第一特攻戦隊　第十八海龍隊12　第十二回天隊6　震洋225
第十一突撃隊（油壺）　海龍120　回天18　震洋375
第一、二、三海龍隊36　第十四回天隊8　震洋10
0

第十六突撃隊（下田）　第六海龍隊12　第十三回天隊10　震洋150
第十五突撃隊（江之浦）　第四、五海龍隊24　震洋75
第十八突撃隊（勝山）　第十一海龍隊12　震洋50
横須賀突撃隊（横須賀）　第百一、百二、百三海龍隊36
第四特攻戦隊　海龍24　回天4　震洋100
第十三突撃隊（鳥羽）　第十五回天隊4　震洋50
第十九突撃隊（的矢）　第七、八海龍隊24
八丈島突撃隊（八丈島）　第二回天隊8　震洋50

阪神警備府
第六特攻戦隊　海龍24　回天4　震洋50
第二十二突撃隊（小松島）　第十三、十六海龍隊24　第十六回天隊4　震洋50

呉鎮守府　蛟龍48　海龍24　回天32　震洋225
第八特攻戦隊　海龍24　回天32　震洋225
第二十三突撃隊（須崎）　第四、六、七回天隊24　震洋175

第二十一突撃隊（宿毛）　第十七海龍隊12　第十一回天隊8　震洋50
第二十四突撃隊（佐伯）　第十海龍隊12
第二特攻戦隊　蛟龍48
大浦突撃隊（大浦）　第五十二、五十四、五十六蛟龍隊36
小豆島突撃隊（小豆島）　第五十八蛟龍隊12

佐世保鎮守府　蛟龍4　海龍24　回天46　震洋1000
第五特攻戦隊　海龍24　回天46　震洋725
第三十五突撃隊（細島）　第八回天隊12　震洋125
第三十三突撃隊（油津）　第三、五、九、十四回天隊34
第三十二突撃隊（鹿児島）　第十五海龍隊12　震洋500
第三特攻戦隊　蛟龍4　震洋275
川棚突撃隊（川棚）　震洋200
第三十一突撃隊（矢岳）　第十蛟龍隊4　震洋50
第三十四突撃隊（唐津）　震洋25

舞鶴鎮守府
舞鶴突撃隊（舞鶴）　第十一蛟龍隊3
鎮海警備府
済州島突撃隊（済州島）　震洋100
父島根拠地隊
父島突撃隊（父島）　震洋150
母島警備隊
母島突撃隊（母島）　震洋80
大島防備隊
喜界突撃隊（喜界島）　震洋75
大島突撃隊（奄美大島）　蛟龍1　震洋150
宮古警備隊
宮古突撃隊（宮古島）　震洋50
石垣警備隊
石垣突撃隊（石垣島）　震洋200

聯合艦隊
第十特攻戦隊（司令部・佐伯航空隊）
第百一突撃隊（佐伯）　第五十一蛟龍隊12
第百二突撃隊（宿毛）　第五十三蛟龍隊6
（八月五日、大浦突撃隊及び小豆島突撃隊編入）

注　一部数字の合わないところがある。また、次の「海龍展開計画及び配属発令状況」の表とも異なっている。例えば『二十年九月十九日　佐世保鎮守府麾下特攻施設図』によると、伊万里の浦ノ崎川南造船所で建造された海龍十二隻は、第三特攻戦隊（3Sz）の三十四突撃隊（34zg）の假屋と名古屋浦の基地に配備される予定であった（終戦時、公試終了2隻、船殻工事完了8隻、船殻工事中2隻）。

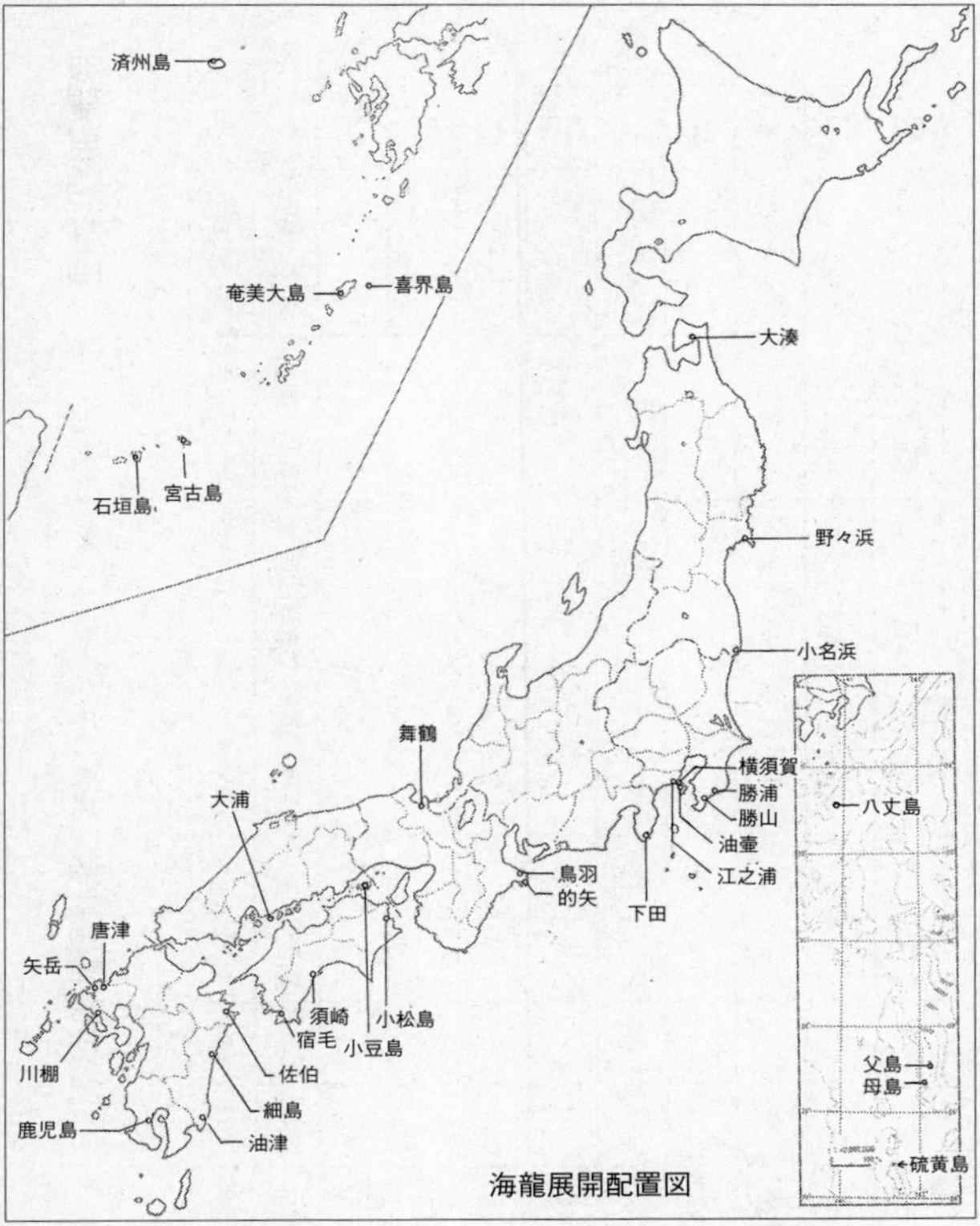
済州島
奄美大島
喜界島
石垣島
宮古島
大湊
野々浜
小名浜
舞鶴
大浦
横須賀
勝浦
勝山
八丈島
油壷
江之浦
鳥羽
的矢
下田
唐津
矢岳
須崎
小松島
宿毛
小豆島
川棚
佐伯
細島
鹿児島
油津
父島
母島
硫黄島
海龍展開配置図

海龍展開計画（二〇—七—五）及び二〇—八—二五迄　配属発令状況

4 Sz		1 S z				7 S z			部隊	
19	13	15	16	11	18	12	17	14 zg		
		24	12	36					計画	七月五日
		24	12	36					配備	七月五日
12	12							12	計画	七—一五
12	12							12	配備	七—一五
					12		12		計画	七—二五
12	-12				12		12		配備	七—二五
12		12				12		12	計画	八—五
						12			配備	八—五
12			12	12				12	計画	八—一五
									配備	八—一五
									計画	八—二五
								12	配備	八—二五
36	12	36	24	48	12	12	12	36	合計	展開計画
24	0	24	12	36	12	12	12	24	発令	配属
228 （156） 他 横 z g = 36										

込	見	産	生	大警	3	Sz	5	S	z	8	S	z	6 Sz
東北	九州	内海	関東	大防	34	31	32	33	35	24	21	23	22
			175										
										12			
										12			
								12					12
								12					12
		12	199										
							12				12		12
							12		12		12		
					24								
				6		12						12	
10	20	80	40										
				6									
10	20	94	414	6		12	12	12	12	12	12	12	12
(6)	(12)	(48)	(264)	6	24	0	12	12	0	12	12	0	24
					12（24）		48　（36）				36　（36） 外=笠戸zg=24		

（　）内ハ展開可能数

本表は防衛省の戦史資料室に蛟龍の展開計画表とともに所蔵されているものである。底本は海軍の罫紙の裏に鉛筆と赤鉛筆（配備数と展開可能数）で書かれている。これにも注記がされていないため、どこが作成したのか、などということは不明である。

嵐部隊入隊ニアタリテノ所感

朝田祐之（東京都大森区）
久シク待望ノ練成部隊ニ入隊スルニ当リ、感ゼシ事ノ第一ハ、「ガンルーム」士官ノ張リ切リ居ル事ナリ。
張リ切レル生活ヲ待望シツヽアル所ナリ。必勝ノ意気ヲ養フ可ク努力セムトス。
実力ノ養成ハ即チ国力ノ養成ナル事ヲ頭ニ置キ進マバ、道ヲ妨グルモノナシト信ズ。

池田幸光（東京都小石川区）
緊張セル紛囲気快ク、不言実行一路任務完遂ニ邁進セントス。

岡本昇一（東京都杉並区）
正気横溢、健翼一搏、敵艦ヲ轟沈セシ神風特攻隊ニナラヒ、我マタ水中ヨリ命一ツニテ敵艦ヲ撃タン。

大塚正照（北海道旭川市）
自己・家名ヲ捨テ始終一貫誠ヲ以テ己ガ任務ニ精進セン。

市塚宰一郎（茨城県真壁郡真壁町）
待望ノ嵐部隊ニ入隊スルヲ得タルハ、本懐ノ極ナリ。
現戦局ヲ救ヒ得ルハ、我等青年士官ノ意気ナリ、熱ナリ。克苦精進ノ一道ヲ邁進センノミ。

佐々木順一（埼玉県川口市）
宿願ノ嵐部隊入隊ニ際シ、小官ノ不注意ニヨリ健康ヲ損ヒシハ、慚愧ニ堪エズ。只精進センコトヲ誓フノミ。

曽我興三（東京都赤坂区）
戦局益々苛烈、敵機動部隊無礼ニモ皇国附近ニ出没スル今日、海龍搭乗員ノ一員トシテ選バレタル幸福モサルコトナガラ、ソノ責任ノ重大サニ身ノ引キ締マルヲ覚ユ。

田嶋豊明（北海道旭川市）
　現今ノ国難ヲ打開シ、皇国護持ヲ全ウシ得ル我等青年特攻隊員ナル事ヲ考へ、其ノ責務ノ重大性認識ス。コノ時ニ当リ、報国一筋ノ道ヲ与ヘラレタ事ハ、大イニ生甲斐ヲ感ズルモノナリ。死一文字ニ徹シ、最后ノ御奉公ノ時迄最善ノ努力ヲ尽ス事コソ、我等ノ責務完遂ノ道ト信□□□遂行ヲ期ス。

田中光常（神奈川県小田原市）
　只管ニ尽忠報国ノミ。

高木茂實（静岡県沼津市）
　基礎教程終リ実施部隊ニ入リタルハ、吾人ノ最モ喜ビトスルトコロナリ。戦局緊迫ノ時、如何ナル難事重ナラントモ、捨石即盤石ノ所信ヲ以テ、戦ノ出来ル人間ニナルベク、術力ノ錬磨ニ邁進ス。

豊田正人（東京都本郷区）

吾ハ特攻隊員ナリノ決意ヲ以テ、其ノ日其ノ日ニ自己ノ最善ヲ尽サントス。

蓜生田正敏（東京都瀧野川区）

特攻兵器ニ直接接スル事ノ出来ル日近キヲ喜ビ、且責任ノ重大ナル事ヲ痛感ス。大イニ努力勉励センコトヲ期ス。

村木與四郎（東京都牛込区）

特攻隊ノ志願達成シ、海竜隊ノ本部ニ講習員トシテ講習ヲ終ラバ、国難ニ尽忠ノ至誠ヲ持ツテ当ラント、今後ノ訓練ニ努力セン事ヲ、入隊ニ当リ覚悟セリ。

山本昱（茨城県土浦市）

憂国ノ想ヒヲ胸ニ、只管訓練或ハ艇ノ整備ニ全精魂ヲ打込ミツヽアル先輩ノ姿ニ接シ、真ニ我等ノ責重且大ナルヲ自覚、不言実行以テ先輩ニ続カンコトヲ期ス。

横尾春治（千葉県印旛郡富里村）

国家存亡ノ秋ニ当リ、吾人ノ任務ノ重大サヲ自覚シ、命モ名モ捨テ、必死必殺ノ責務ヲ全クセントス。

必死必殺ノ神機ヲ獲得スルニハ不断ノ訓練コソ必要ナリ。必死ノ覚悟ヲ以テ訓練ニ邁進セントス。

本資料は、昭和二十年八月二日に嵐部隊に配属された、第五期予備学生出身の少尉の身上調書に記されたものである（〔　〕内は出身地）。当時の特攻隊員の真情を伝えるものとして、原文のまま引用した。底本には四期予備学生出身で、この五期百余名の副主任指導官を務めた吉川毅氏が保管していたものを用いた。なお、漢字は固有名詞を除き通行の字体に改め、句読点は私に補っている。

海龍隊歌

一　花は桜木　海龍乗りは
　　若い命を　惜しみやせぬ
　花はつぼみで　二十で散るも
　　何か惜しまん　国の為!

二　につこり笑って　ダウンに入りゃ
　　前の艇は　頼母しや
　泰然自若と　覚悟を決めて
　　行くぞ敵艦　真しぐら!

三　太平洋に　日本海に

今日も行く　海龍隊
司令塔上　菊水マーク
必死必殺　この決意！

四
一発必中の　魚雷を抱いて
今日ぞ海龍の　なぐり込み
寄する敵艦　大艦隊
見たか撃沈　体あたり！

この「隊歌」は、海龍部隊全体のものではない。底本としたのは防衛省の戦史資料室に所蔵されている、炭井晃『有翼小型潜航艇「海龍」の素顔』であるが、この資料は元々の炭井氏の著書を拡大複写したものである。しかしこの歌はその後にあり、また炭井氏のおられた横須賀突撃隊および第一特攻戦隊の各隊にはこうした歌はなかったので、これは資料を寄贈した飛永源之介氏（海軍14志〈電信〉）が別の隊のものを付け加えたものと考えられる。隊によってはこうしたものにより、戦意昂揚が図られていたのであろう。

※ 1　軍隊符号については用語解説参照。

2　５欠

3　Course

4　飛行機を表す。

5　時機ヲ選択ス

◎　士官　数字ハ先任順

㊀　一　曹

㊁　二　曹

第二

	一小隊			二小隊	
◎4		◎2	◎3		◎1
○8		㊀6	○7		◎5
○12		○11	○10		○9

第一

◎3	◎2	◎1
㊁7	㊁12	㊁10
㈠6	◎4	◎5
㊁11	㊁8	㊁9

第三

㊀6	◎4	◎2	◎5	◎3	◎1
○11	○8	○12	○9	○7	○10
	隊小二			隊小一	

本資料は防衛省戦史資料室に所蔵されているものである。底本は罫紙にペン書きされたものを電子コピーしたものであるが、元々どこにあったのかなどということは注記されていないため、不明である。

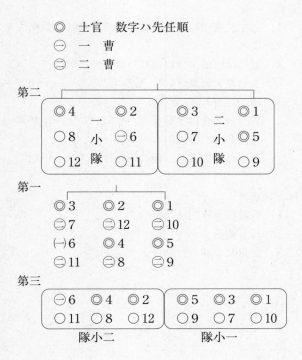

通信

1　通信設備及ビ基地通信法ノ演練ハ特ニ重視スルヲ要ス

2　要務ノ整備演練ニ依リ特ニ平文ノ簡潔
通信量ノ節減ヲ計リ速達ニ努ム

3　訓練ニ努ム
各基地ハ受信ヲ励行シ、受信洩レナキヲ期ス

4　通信準備ハ潜航中ニ
通達性ヲ知悉シ、輻射時株ヲ《ママ》選洋ス《ママ》　※5

味方識別

1　戦時味方識別法規定

2　行動通報

3　記録サレ易キ行動ヲトラヌ

海龍隊

第一編成　一艇隊　四隻
第二編成　〃　三隻
第三編成　〃　二隻
第四編成　〃　一隻

士官艇長　隊長ヲ入レ五名
第二編成ヲ標準編成トナス

基地移動

1　第三編成ノ艇隊毎ニ行ヒ
　夜間航海ヲ立前トシ、一日ノ航程通常30′　最大50′

2　考慮スベキ事項
　(1)　敵情
　(2)　移動先基地ノ状況
　(3)　航行計画　天象地象海象
　(4)　通信
　(6)　協力部隊ニ関スルコト　　　※2

3　令示スベキ事項
　1　敵情及友軍ノ状況
　2　基地移動兵力
　3　航行序列及速力
　4　艇別潜航深度
　5　Corse《ママ》　日程　　　※3
　6　警戒
　7　航海　保安　天候予測　補給　応急避泊
　8　目的地着后ノ行動作業

4　V——　潜航避退　　　※4
　艦船　——　攻撃

5　整備員ハ陸上或ヒハ所属艦艇

大型輸送船　C　四米

其ノ他　　　　三米

散開面（散開線）構成要領

挙隊協同攻撃ヲ本旨トス

進出法

1　基地ヲ進発セル小隊ハ艇番号順序ニ所定ノ時隔（特令ナケレバ20分）竝ニ速力ヲ以テ進出シ散開隊形ヲ保持シツツ往路航過点ヲ通過スルモノトス

2　各艇ハ最終航過点ヨリ自己ノ配備点ニ向ヒ開進ス

3　所定ノ日時待機セバ爾後帰路航過点ヲ通リ基地ニ向フ

4　攻撃行動中ハ保安ヲ考慮シ深度ヲ各艇異ナラシム

進出ニ際シ司令ノ令示事項

1　散開面各艇ノ配備点

2　往路航過点　帰路航過点

3　進出航行標準速力

各艇ノ潜航進撃速度

4　散開面（線）ノ海潮流ノ修正

5　途中会敵時ノ処置

6　故障応急対策

其ノ他

泊地突撃戦

1　蝟集　肉迫攻撃

2　時期

（イ）　黎明　薄暮

（ロ）　友軍部隊ノ攻撃ニ依ル敵混乱

（ハ）　昼夜間ノ好機

3　目標

（イ）　戦車、重砲輸送船

（ロ）　大型T

4　進入法

（イ）　警戒艦艇　潜航脱過。著シク阻碍スルモノニ対シテハ先ヅ之ヲ血祭ニ上ゲ進路ヲ打開ス。

（ロ）　防材、防潜網ニ対シテハ海岸浅海域ヲ水上脱過

（ハ）　機雷堰

海底至近ヲ潜航脱過又ハ敵艦艇ニ追躡脱過

基地帰投

友艇ノ行動ノ邪魔ヲセザル様、深々度潜航又ハ偽航路ヲトル

1　基地秘匿
2　帰投時刻
3　使用速力

帰投セバ魚雷装填

特攻

深度　正規空母　戦艦　七米

2　同上ノ準備ヲナス

戦闘方針

1　泊地突撃戦

2　行動圏　70′

3　輸送船団ニ対シテハ出来ルダケ速ニ

4　作戦行動日数　2日

戦闘要領

発進

1　夜間　隠密　迅速

2　令示事項

(1)　敵情竝ニ友軍状況

(2)　目標

(3)　作戦海域

(4)　帰投ニ関シ

邀撃戦

1　散開面　散開線*

2　混淆ヲ厭ハズ　配備ヲ固執セズ　殺到シ積極果敢ナル　攻撃ヲ行フ

3　攻撃順位

(1)　T、A　（戦車揚陸艇ヲ先トス）

(2)　B、C

(3)　d　其ノ他　　※1